Gunhild Thalheim
Ich wachse in den Himmel

Gunhild Thalheim

Ich wachse in den Himmel

Rediroma-Verlag

Bibliografische Information der Deutschen Nationalbibliothek:
Die Deutsche Nationalbibliothek verzeichnet diese Publikation in der Deutschen Nationalbibliografie; detaillierte bibliografische Daten sind im Internet über http://portal.dnb.de abrufbar.

ISBN 978-3-96103-567-0

Umschlagillustration: altanaka / photocase.de

www.rediroma-verlag.de
8,95 Euro (D)

Für Klarissa Krause in Berlin-Wannsee,

für Johanna von Grumbkow in Eschwege

und besonders für Greta Thunberg in Schweden

INHALT

1. Kapitel: MASCHA LANGBEIN

„Hey, Giraffe! Wie schmecken die Blätter da oben? Hihihi!“ Ich zucke zusammen. Gucke hoch von meinem Smartphone. Giraffe? Hahaha! Voll witzig? Nee, nicht für mich! Wie üblich kräuseln sich meine Nackenhaare. Vor ohnmächtiger Wut? Warum ist mir jedes Mal, als müsste ich hilflos zusammenschrumpfen bei solchen Attacken?

„Klappe, Gartenzwerg! Schleich dich! Mach die Fliege!“, knurre ich in mich rein. Warum kann mir nicht auch irgendein cooler Spruch einfallen? Als sich der Winzling-Marvin-Schisser um die Ecke verzogen hat, fallen mir genau die Antworten ein, die ich ihm hinterherschreien möchte.

Warum kann ich nicht so schlagfertig sein, wie ich riesig bin? Ich seufze, - wie üblich bei solchen fiesen Mobbing-Sprüchen, an die ich mich wohl niemals gewöhnen werde. Ich, die Mascha Langbein, die Bohnenstange, lange Latte, langes Reck, Riesenbaby und noch andere ätzend-dämlich-dümmliche Ausdrücke.

Von früher kenne ich noch die (haha!) so witzig gemeinten Bemerkungen unserer Bekannten:
„Oh, Mascha! Bist du aber groß geworden!“ oder
„Wo willst du denn noch hinwachsen? Als Mädchen!“ und
„Deine Eltern müssen dir wohl allmählich einen Ziegelstein auf den Kopf legen?“

\`Körpergröße wird oft gleichgesetzt mit großer geistiger Reife´, habe ich irgendwo als schlaues Zitat gelesen. Pech, bei mir gilt das leider kein bisschen. Mit meinen 1,83 m fühle ich mich manchmal eher mickrig und ziemlich kleinlaut. Mein Vater versteht das nicht. Ob er es einfach nicht verstehen will? Er hat meine Sorgen eben nicht. Als Mann überdurchschnittlich groß zu sein, ist für ihn ein Zeichen von Überlegenheit, meint er, - zufrieden mit sich und seiner Männerwelt. Ich seufze wieder. Seit meine Mutter mir nicht mehr gut zureden kann, wenn ich mich über meine Körperlänge beschwere, fehlt mir jemand zum Reden.

Dieser verdammte Unfall!!! Nie, niie, niiie werde ich mich daran gewöhnen, ohne meine Mutter zu sein. Nichts ist seitdem mehr wie früher. Egal, wieviel Mühe der Papa sich gibt, für seine Mascha da zu sein. Ich seufze noch mal. Vater ist Vater. Mein Papa ist nicht meine Mama …

„He, Mascha! Warte!“ Im Laufschritt nähern sich Anneke und Nele. Meine Freundinnen. Meine einzigen echten Freundinnen. „Hallo, altes Haus. Warum biste denn nicht online! Was is ´n los?“, meckert Anneke zur Begrüßung. „Sorry!“, entschuldige ich mein kaum zu entschuldigendes digitales Verhalten. Nicht dran gehen, wo gibt ´s denn so was? „Lust auf ´ne Mini-Pizza?“, tönt Nele. Ich zucke mit den Schultern. Zu dritt Pizza ist immer noch besser als solo Trübsal blasen. Ich probiere mein Alles-ist-perfekt-Lächeln: „Okay, girls! Let ´s go!“ Die beiden haken sich bei mir unter und ziehen mich mit sich. Ich seufze tief, diesmal erleichtert. Es tut gut, sich mitziehen zu lassen. Wie die Orgelpfeifen kommen wir drei Freundinnen daher. Nele ist fast einen Kopf kleiner als ich und die etwas pummelige Anneke sogar anderthalb Köpfe.

Als mein Vater mir abends Gute Nacht gesagt hat, schaue ich noch fix bei Facebook rein. Nix Aufregendes mehr heute. Auch gut! Danach liege ich noch eine Weile wach. Wie jeden Abend unterhalte ich mich leise mit Friedo. Seit Mama nicht mehr lebt, ist er für mich da. Sein komischer himmlischer Name `Ehrenfried´ gefällt mir nicht, und Friedo mag es, wenn ich ihn so nenne. Im Dunkeln sehe ich ihn neben meinem Bett stehen und mir geduldig zuhören. Friedo ist das einzige Wesen, das jeden meiner Gedanken versteht und vor allem ernst nimmt. Und deshalb habe ich mir angewöhnt, bei den meisten Menschen in meiner Umgebung lieber zu schweigen. Mein Workaholic-Vater hat sowieso kaum Zeit. Er arbeitet sozusagen sieben Tage in der Woche. Meine total lieben Großeltern wohnen zu weit weg. Und am Telefon fällt es mir verflixt schwer, mit meiner Lieblingsoma Anna über meine Probleme offen zu sprechen. Skypen mögen wir beide nämlich nicht so besonders.

Anneke und Nele sind brauchbare Freundinnen, - aber eher zum Rumblödeln, zum Mini-Pizza oder Eis-Essen, zum ins Kino oder ins Schwimmbad-Gehen. Für Probleme haben sie null Draht. Probleme?? Wieso?? So was gibt es für die beiden kaum. Außer: Wer aus unserer Klasse hat gerade wegen wem Liebeskummer? Wo sind die coolsten T-Shirts oder Tops in dieser Woche im Angebot? Welcher Wimpern-Booster passt optimal zu Annekes großen dunkelblauen Augen - und zu ihrem Taschengeld? Warum verbieten Neles Eltern ihr hartnäckig das harmlose Bauchnabel-Piercing?

Oder die Schlangen-Tätowierung auf der Schulter?

Nee, das sind absolut nicht meine Themen! Und ich will auch eigentlich nicht mit ihnen über meine Mascha-Sorgen reden. Das passt einfach nicht. Nele hat allerdings manchmal eine Art Antenne dafür. Zum Beispiel, wenn sie tröstend feststellt: „Du hattest einfach das Pech, in unserer Zwergen-Klasse zu landen, du arme Mascha Langbein. Ist eher nicht so prickelnd, bei deinen Model-Maßen. Aber gibt doch Schlimmeres."

So ähnlich drückt sich auch Friedo aus, wenn er mir ernsthaft zuredet: „Nimm bitte nicht alles zu tragisch, liebe

Mascha. Es lohnt sich gar nicht, ob du dir Sorgen machst oder peng! Wie du immer sagst." - „Nix oder peng!", brummle ich in meine Bettdecke. „Du hast null Ahnung, Friedo, wie mega-ätzend das ist, weil jeder zu dir hochgucken muss. Soll ich denen vielleicht auf ihre albernen Köpfe runterspucken und sagen: Ihr Winzlinge seid ja bloß sauer auf die coole Mascha Langbein, weil ihr paar Nummern zu mini geraten seid."

„Warum nicht? Mach das doch! Diese Sprache verstehen sie bestimmt besser, als wenn du den großen Schweiger spielen willst. Wie die Spitze von einem hohen Berg in grauen Nebelwolken."

Ich muss laut lachen. „Ach Friedo, das klingt voll witzig. Weißt du, genauso komme ich mir oft vor. Am meisten in den Pausen. Als Bergspitze über vielen Mini-Hügeln."

„Dann sei ein stolzer Berg, Mascha. Willst du dich etwa kleiner machen, nur weil du nicht über alle die anderen weggucken magst?" Ich stöhne: „Egal, ob ich das mag oder ob in China fünfhundert Säcke Reis gleichzeitig umkippen. Sag du mir nix, was ich doch nie ändern kann. Also hör auf, mir das andauernd unter die Nase zu reiben! Wozu bist du mein toller Schutzengel, he?"

„Schutzengel sind zum Beschützen da, liebe Mascha." „Bingo! Und nicht zum Kluge-Reden-Schwingen, sag ich doch", maule ich ihn an. „Aber einen guten Engel-Tipp kannst du mir trotzdem geben, Friedo." Friedo faltet die Hände. „Meine stets gut gemeinten Ratschläge willst du sowieso nie hören", seufzt er und seine Stimme klingt deutlich genervt. „Heiliger Herr!", höre ich ihn flüstern. „Bitte gib meiner Mascha Mut, Kraft und vor allem viel Geduld. Ja, und einen festen Glauben … Bitte! Bitte tue es mir zuliebe, Heiliger Herr! Amen!"

Ich schnaufe unwillig: „Woran soll ich denn glauben, du

kluger Friedo? Kann dein heiliger Herr dir das sagen?“ Jetzt schnauft auch Friedo: „Ein Sturkopf bist du, Mascha! Woran sollst du wohl glauben? Ja, woran?? Denk doch mal nach! Bitte!“

„Ach so. An dich und an deinen heiligen Herrgott?“, nuschele ich.

„Natürlich! An ihn sowieso. Und danach an die Mascha.“ Sachte bewegt mein Schutzengel seinen Kopf hin und her. Ich schnappe nach Luft. „An die Mascha? Du meinst an mich? Was gibt ´s denn da zu glauben, ey? Mach dich schön lustig über mich, du gemeiner Engel …“

„Aber mal hallo! Seit wann sind Engel gemein? Willst du mich ärgern, Mascha?“ Ich blinzle unsicher zu ihm hinüber. Habe ich meinen Friedo eben beleidigt? Na, zum Glück scheint er mich anzulächeln wie fast immer. „Das Ganze noch mal von vorne“, sagt er ruhig. „Wenn du an dich glaubst, wirst du stark sein. Und mutig. Und vor allem geduldig. Völlig egal, wie groß oder … na ja, wie hochgewachsen du bist. Denn auch du, meine liebste Mascha, bist genauso einmalig wunderbar wie jeder Mensch auf Gottes weiter Erde. Gleichgültig, was du aus deinem Leben machen willst. Sei doch bitte einfach glücklich über deine wunderbare Figur, um die dich viele Mädchen beneiden werden.“

„Hahaha! Wunderbar! Mit den langen Affenarmen, ja? Du kannst leicht daherreden, Friedo. Als guter Engel ohne richtige Menschensorgen“, brumme ich genervt. „Jetzt bin ich tierisch müde. Behütest du mich heute Nacht besonders gut? Und morgen den ganzen endlosen doofen Montag?“ Gähnend reibe ich mir die Augen. „So sicher wie das Amen vom Herrn Pfarrer. Ich wünsche dir angenehme Träume“, höre ich noch. Ein weicher Hauch streift mein Gesicht, als ich einschlafe.

2. Kapitel: GESPRÄCH UNTER VIER AUGEN

Am Montagmorgen würde ich zu gerne im Bett bleiben. Es will kaum hell werden im dichten Nebel. In einer Woche fängt der November an. Dann ist Mama schon ein ganzes Jahr nicht mehr da. In zwei Wochen habe ich Geburtstag. Mein dreizehnter ist es. Ich möchte mich darauf freuen, doch das ist schwer. Ob Oma Anna und Opa Ingo Wort halten und für ein paar Tage herkommen?

Geburtstag feiern nur mit meinem Vater? Oh, bitte nein! Aber Leute aus meiner Klasse zur Superfete einladen? Nee, null Bock! Na gut, höchstens Anneke und Nele. Wenn ich an diesem Tag einfach krank feiere? Geschenke kann man auch im Bett auspacken. Meinen allergrößten Wunsch darf mir leider nicht mal Friedo erfüllen, hat er erklärt. Zaubern kann er halt auch nicht als einfacher Schutzengel. Nur beten und so. Ich gebe mir einen Ruck. Um Mut und Kraft für mich hat Friedo gebetet. Auch um Geduld?

Los, Mascha, mach es deinem alten Herrn nicht unnötig schwer! Das hat er nicht verdient. Mit einem aufgeklebten, eher gequälten Lächeln erscheine ich zum Frühstück, würge mir die Hälfte aus der Müslischüssel herunter, winke ihm hinterher wie immer. „Kopf hoch, mein Mädchen! Wird schon schiefgehen!“, will er mich aufmuntern. Jeden Morgen sein Standard-Spruch. Ich habe mich irgendwann dran gewöhnt, - würde ihn direkt vermissen.

„Mach ´s auch gut, Robbi!“ Ich bin froh, als ich das Auto aus der Tiefgarage fahren sehe. Die kurze Strecke bis zur Schule laufe ich bei jedem Wetter und habe noch etwas Zeit. Seit diesem Schuljahr macht mir der meiste Unterricht keinen richtigen Bock mehr. Okay, die Lehrer sind so ziemlich brauchbar. Die Klasse ist soweit in Ordnung. Allerdings ist außer dem schlaksigen Luis, den wir meistens kurz LL nennen, niemand so auffallend lang. Ihm macht das nix, im Gegenteil. Er macht den Rücken gerade und guckt über alle die Winzlinge weg. Ich dagegen versuche, mich kleiner zu machen, ziehe den Kopf zwischen die Schultern und trage grundsätzlich flache Absätze. Nützen kann mir das halt wenig.

Sogar in meinen Lieblingsfächern Mathe, Musik und Sport klappt nichts mehr wie früher. Mit meinen endlosen Beinen laufe ich zwar den anderen auf dem Sportplatz davon wie ein Hase auf der Flucht. Aber beim Geräteturnen weiß ich nie, wohin mit meinen Schlackerarmen, den Storchenbeinen und den übergroßen Füßen. In der für viele so schwierigen Welt der Zahlen werde ich wohl immer einer der schnellsten und sichersten Rechner sein. Von meinem Vater habe ich das `mathematische Gespür´ geerbt, wie er mich oft lobt. Auch beim Basketball-Training komme ich sozusagen groß raus. Dann bin ich ausnahmsweise sogar stolz auf die zu langen Arme und Giraffen-Beine.

Mit meiner Gitarre könnte ich deutliche Fortschritte machen, stellt meine Lehrerin fest, - fast jeden Mittwochnachmittag. Falls ich endlich wieder mehr Lust zum Üben hätte. Manchmal lenkt es mich ab, mir Melodien auszudenken und für Nele und Anneke mit dem Smartphone aufzunehmen. Die finden Maschas Songs irgendwie cool und ein bisschen `crazy´, weil es oft eher welche in Moll-Tonarten sind.

Eigene Texte bringe ich aber nur noch schwer zusammen mit meinem leeren Kopf. `Hohlkopf´ nennt Friedo das. Den soll ich mir bloß nicht einbilden. „Du kannst es, Mascha! Das weiß ich.“ Er lässt sich meine Lieder vorsingen und bewegt dazu andächtig seinen Kopf im Rhythmus mit. „Schön!“, sagt er jedes Mal. „Wirklich sehr schön! Du hast Talent, meine Liebe. Warum willst du mir das denn nicht glauben?“ Okay, ich will ihm das ja gerne glauben. Aber was soll mir das jetzt gerade bringen? Da kommt halt einfach nix Gescheites rüber.

Nicht einbilden kann ich mir leider meinen `Hohlkopf´ beim Schreiben. Da kaue ich lustlos am Stift oder starre missmutig auf den Bildschirm vom Laptop und kriege nichts Gescheites zurecht. Aufsätze, Beschreibungen, Bildbetrachtungen und überhaupt alles Schriftliche sind für mich der reine Horror. Das liegt auf keinen Fall an der Lehrerin. Die Frau Sauerwein ist das krasse Gegenteil von saurem Wein. Alle Schüler fressen ihr aus der Hand wie brave Hündchen. Dass keiner vor ihr `Männchen´ macht, wundert mich. Ich schäme mich meistens total, weil ich unserer geliebten RIA einen solchen Mascha-Murks zumuten muss. Sogar bei den Kollegen heißt die Sauerwein nur RIA. Ihr Name `Ricarda´ passt einfach nicht.

Diese superbeliebte Lehrerin macht mir immer neuen Mut. „Sie glaubt an dich, Mascha“, nennt Friedo das. „Gib dein Bestes. Jeden Tag. Sie versteht es wie kein anderer, wenn du dich anstrengst.“ Zweifelnd schaue ich in Friedos leuchtendes Engelsgesicht. „Meinst du wirklich, Friedo?“

„Oh ja, genau das meine ich“, nickt er. Natürlich nehme ich mir jeden Morgen auf dem Schulweg felsenfest vor, mir richtig viel Riesen-Mühe zu geben im Deutschunterricht. Trotzdem bittet mich unsere Lehrerin eines Tages, ich möge doch meinem Vater ausrichten … Mir wird vor Schreck übel. Sie, also die Ria, will mit ihm sprechen! Nicht erst beim Elternsprechtag Ende November. Oh, nein! Möglichst bald, lächelt sie aufmunternd. Ich nicke automatisch, bringe kein Wort heraus, schon erst gar kein Lächeln retour.

„Hier ist meine Nummer.“ Ich höre die helle, muntere Ria-Stimme wie durch dicke Nebelsuppe. „Wir machen einen Termin aus, sobald dein Vater Zeit hat.“ Zeit? Mein Vater?? Nie im Leben hat er dafür Zeit, möchte ich herausschreien. Ich schlucke es mühsam herunter.

Und, - oh unglaubliches Wunder, - mein vielbeschäftigter Vater nimmt die neue Nachricht samt Ria-Nummer auf, ohne mit der Wimper zu zucken oder genervt mit den Augen zu rollen. Fassungslos höre ihn betont höflich sagen: „Natürlich nehme ich mir diese Zeit, Frau Sauerwein … Ja, am Mittwoch … gegen 16 Uhr? … Bis dann! Schönen Abend noch!“ Er dreht sich zu mir, seiner ungläubigen Tochter, mit seinem forschenden Vater-Blick um. „So, Mascha, raus mit der Sprache! Nenne mir bitte den Grund für dieses anscheinend so dringende Gespräch unter vier Augen. Was hast du angestellt, mein Mädchen?“ Ich starre ihn erschrocken an. (ICH und was angestellt? Denkt er? Im Ernst?? Da kichert ja der Laubfrosch auf seiner Leiter.) Ich schüttle langsam und schwerfällig den Kopf. „Hab keinen Schimmer“, sage ich und denke dann nach. Eine gefühlte Ewigkeit.

„Also, Tochter, worum geht es?“, höre ich die dunkle Stimme. „Ach, Robbi“, druckse ich endlich. „Ich glaube, … Ja, es ist vielleicht wegen Deutsch. Du weißt schon …“

„Ach so. Sag das doch gleich.“ Er entspannt sich grinsend. „Bist halt mein Ableger, du mein geplagtes Kind. Du weißt doch, damit hatte ich ´s auch nie einfach in meiner gesamten Schullaufbahn.“

Ich nicke erleichtert. „Jaja, ich weiß.“ Aber was bringt mir das jetzt? „Kopf hoch, meine Süße. Das kriegen wir in den Griff. Verlass dich auf deinen klugen alten Vater.“ Ich kichere leise, auch wenn mir wenig zum Lachen ist. Ach, Robbi! Deinen gesunden Optimismus hätte ich gerne. Den kannst du mir zum Geburtstag schenken, denke ich und frage: „Hast du jetzt Appetit auf Schinken-Rührei?“ Er leckt sich sofort die Lippen. „Ablenkungsmanöver, was? Schneidest du noch ein paar Kartoffeln rein? Das Essen heute Mittag war nicht so meine Kragenweite. Mir knurrt gewaltig der Magen, meine teure Köchin!“

Beim Abendessen vermeiden wir beide das Schul-Thema. Er muss mir unbedingt was Lustiges erzählen von seiner Arbeit, von neuen, sehr netten Kollegen, und ist erstaunlich gut drauf. Trotz der Frau Sauerwein. Puh! Mir plumpst ein mittelgroßer Felsen vom Herzen, mitten auf den Rührei-Teller.

Was wird Friedo nachher sagen? Der sagt nicht allzu viel. „Gut so, wenn dein Vater mit eurer Lehrerin reden will. Bestimmt nützt solch ein ruhiges Vier-Augen-Gespräch euch allen dreien etwas.“

„Ach, Friedo, du glaubst an den Weihnachtsmann mit Rotnasen-Rudolph vor seinem Rentierschlitten“, stöhne ich. „Was genau soll das bitte bringen? Dadurch kriege ich auch nix rein in meinen Hohlkopf.“ Ich krieche tiefer unter meine Bettdecke, kneife die Augen fest zu und nuschle: „Lässt du mich was Tolles träumen? Aber lieber nix von Schule und so.“

„Ich gebe mir die größte Mühe. Gute Nacht, Mascha!“, höre ich noch halb. Ich träume tatsächlich was Tolles. Am Anfang jedenfalls. Ich stehe mitten auf einer Wiese. Barfuß bin ich, in kurzer Hose und meinem neuen weißen Top.

Vorsichtig tappe ich einige Schritte durch das feuchte Gras. Jemand ruft mich. Vor mir erscheint ein Haus. Huch?

Wie sieht das denn aus? Wie ein uraltes Hexenhaus? Das von Hänsel und Gretel? Kommt etwa gleich die gemeine Knusperhexe raus? Ich bleibe mal lieber stehen. Wieder höre ich meinen Namen. Ganz deutlich. „Hier. Ich bin hier!“, will ich rufen, bringe keinen Ton heraus. Mein Herz klopft bis zum Hals. Wo bin ich hier gelandet? Vor dem Haus auf einer Bank sitzt jemand. Ein Junge. Er steht auf, kommt langsam auf mich zu. „Grüß dich, Mascha!“

Ich schaue in seine Augen. Nicht nach unten, wie sonst, wenn ich mit denen aus meiner Klasse rede. Nein, diese Augen sind direkt vor meinem Gesicht. Hellgraue, große, leuchtende Augen. Der Junge muss fast gleich groß sein wic ich. Er greift nach meinen Händen. „Wer … bist du?“

Ich schaffe mit Mühe ein heiseres Krächzen. „Erkennst du mich denn nicht, liebe Mascha?“, höre ich deutlich.

„Ich … ich hab dich noch nie gesehen“, stottere ich. So brav wie ein kleines Kind dem Lehrer antworte ich diesem völlig fremden Jungen. Ich fühle die Wärme aus seinen Händen in meinen Körper strömen, langsam und angenehm warm. Plötzlich wird mir heiß. Immer heißer wird mir. Ich fange an zu glühen wie eine Brotscheibe auf Stufe drei im Toaster. Ich will meine Hände wegziehen, - wie in einem Schraubstock werden sie festgehalten. „Lass mich los, du!“ Ich zerre und fühle die Hitze wie ein glühendes Feuer. Mein Kopf wird schwer wie Blei, möchte zerspringen in hunderttausend winzige Teilchen. „Nein!“ Ich schreie verzweifelt. „Doch, Mascha. Alles ist gut. Alles.“ Eine dunkle Stimme flüstert an meinem rechten Ohr. „Ich bin ´s doch. Dein Freund. Der Leander.“ Zwei Arme halten mich fest. Wie meine Mama mich immer ganz fest gehalten hat, um mich zu trösten. „Mamsi?“, frage ich verwundert.

„Nein, Mascha. Nicht Mama. LE-AN-DER!“ Zwei Arme

halten mich. Starke, beruhigende Arme. Und das sind nicht Mutters weiche Arme. Mit einem abgrundtiefen Seufzer schlage ich die Augen auf und blinzle ins Dunkel.

Mein Wecker zeigt zehn Minuten nach Mitternacht. Von Friedo keine Spur. Ich setze mich mühsam auf. Ist das mein Kopf, der gleich wieder zurück aufs Kissen sinken möchte? Mein Mund ist wie ausgetrocknet. Barfuß tappe ich ins Bad, trinke gierig das kalte Wasser. Danach schlafe ich tief und ohne neue Träume. Mein Radiowecker macht mich munter. Noch einen Moment liege ich mit geschlossenen Augen, summe den Song mit. Wieder sehe ich das seltsame Hexenhaus vor mir - und diesen großen Jungen. Ja, der hatte auch einen Namen, fällt mir ein. Li-an-der … oder so? Nee, nix mit `Li´. Eher mit `Le´? Le-an-der? Ja, ich glaube, das hat er wohl gesagt. Und `Alles ist gut!´ Das hat er noch hinterher gesagt. Daran erinnere ich mich genau. Wenigstens ziemlich genau eher …

Was zum Donnerdrummel sollte dieser Traum?

Erstens: Ich kenne keinen Jungen, der so riesig ist wie ich, - außer LL aus meiner Klasse. Und der sieht diesem Traumjungen nicht die Spur ähnlich. Zweitens: Ich habe noch nie jemanden getroffen, der ausgerechnet LEANDER heißt. Komischer Name! Klingt eher nicht so deutsch, oder? An einem Hexenhaus bin ich erst recht nie gewesen, - außer vor mindestens hundert Jahren in Märchenbüchern. Ich schiebe die Bettdecke weg, reibe mir den Rest Schlaf aus den müden Augen, lasse meine ausgestreckten kurz Arme in der Luft kreisen. Jetzt wird es Zeit. Mein Vater wartet sicher schon. Kann Friedo mir vielleicht später verraten, ob dieser merkwürdige Traum wichtig gewesen sein könnte? Ob er irgendwas bedeuten sollte?

3. Kapitel: SCHUTZENGEL-PREDIGT

Am Mittwoch kommt mein Vater mit unerwartet bombiger Laune aus der Schule. „Ein nettes Frauchen, euer saurer Wein. Der Name passt zu ihr wie Erdbeermarmelade aufs Grillwürstchen oder zum Schmand-Hering.“ Schmunzelnd zwinkert er mir zu. Mein Brave-Tochter-Lächeln klappt nicht so ganz. Wieso ist er ungewöhnlich gut drauf? Nach einem dringenden Vater-Lehrerin-Vier-Augen-Gespräch?

„Hatte ich Recht?“, frage ich angespannt. „Ja! Aber auch nein, meine Süße.“ Er dirigiert mich zur Couch. „Was willst du zuerst hören? Das Ja oder das Nein?“

„Egal!“, dränge ich genervt. „Mach ´s nicht spannender als spannend! Bitte! Oder soll ich erst platzen vor Ungeduld?“

„Na gut. Also, ja, eure geliebte Frau Sauerwein ist nicht gerade hellbegeistert von deinen Leistungen im Deutschunterricht, wie du ja selber weißt. Und nein! Sie ist deswegen keineswegs sauer auf dich, eure so nette Frau Sauerwein.“

„Echt?“ Ich gucke ihn verunsichert an. „Warum musste sie dich dann so unbedingt dringend sprechen? Das kapier ich irgendwie nicht.“

„Weil … nun ja, kurz gesagt: Sie hat die Absicht, dir ein bisschen auf die Sprünge zu helfen, wie es so schön heißt.“

„Waaas? Auf welche … Sprünge?“ Ich verschlucke mich an meiner Spucke und huste los. „Wie … äh, … meinst du, … meint sie das?“

„Sie will dir helfen. Weil … okay, sie mag dich nämlich, Mascha, und darum macht sie sich Sorgen um dich.“

„So ´n Schmarrn! Wie will sie MIR Deutschniete denn schon helfen? Hat sie dir das vielleicht auch gesagt, unsere nette Frau Sauerwein?“

„Hm …“, macht er. „J ... ein, eigentlich. Ihr ist aufgefallen, dass du erst seit ein paar Monaten … Wie hat sie es ausgedrückt? Ja, sie denkt, du wärst so was wie ziemlich neben deiner Normal-Spur. Und das ist halt kein Wunder, habe ich ihr gesagt und ihr die Gründe erklärt.“

„Nee, ein Wunder ist das eher nicht“, gebe ich kleinlaut zu. „Aber … wie genau will die Ria mich wieder zurechtrücken auf meine Normal-Mascha-Spur? Hat sie das auch gesagt?“ Es wird eine längere Vater-Tochter-Diskussion, bei der Vater deutlich mehr und lauter redet als Tochter.

Friedo wackelt heftig mit dem Kopf, als ich ihm von dem Robbi-Ria-Gesprächsergebnis berichte. „Gut! Oh, sehr gut! Ganz ausgezeichnet!“, freut er sich. „Ich bin mir sicher, dein Vater hat bisher viel zu wenig Ahnung gehabt von deinen Problemen. Richtig?“ Ich nicke bedrückt. Wie sollte er auch, weil ich meistens alles in mich reingefressen habe und meine Sorgen runtergeschluckt, statt mit ihm mal drüber zu reden. „Was, meine liebe Mascha, lernen wir daraus?“, fragt Friedo streng. Ich stottere: „Ähm, … wie meinst du das? Was … lernen?“

„Wir lernen daraus: Spuck alles einfach aus, was dir quer liegt. Schluck es nicht länger runter, damit es dir nicht irgendwann gewaltig auf den Magen schlägt. Im Klartext: Redet miteinander. Du, dein Vater und euer saurer Wein. Schon bald wirst du merken, wie leicht euch allen das wird, was bis jetzt oft wie ein Zentnergewicht gedrückt und dich unnötigerweise bedrückt hat.“

Nanu? So exakt auf den Punkt ist er, mein frommer Schutzengel, noch nie gekommen. Verblüfft schaue ich unter meiner Bettdecke hervor. „Du willst damit sagen, dieses Arbeitstier von einem Vater hat auf einmal die Zeit, sich für mich zu interessieren. So wie normale Eltern sich für ihre Kinder interessieren sollten?“

„Selbstverständlich, Mascha. Er konnte dir das bis jetzt nur nicht so zeigen: Er hat dich ebenso lieb wie andere Eltern ihren Nachwuchs lieben sollten. So, und Amen! Das war es für heute mit meiner Predigt zur Nacht, meine Liebe.“ Zwei dicke Tränen kullern auf mein Kopfkissen. „Danke, du ehrlicher Friedo.“ Ich schniefe ins Taschentuch. „Lass mich über alles nachdenken. Gute Nacht, mein allerbester Schutzengel auf der ganzen Welt!“

„Ja, schlaf sanft und süß, Mascha.“ Der weiche Hauch streift zärtlich über meine Haare.

In der ersten Stunde am Donnerstag ist Deutsch auf dem Plan. Die Ria schaut aufmunternd zu mir herüber. „Alles roger, Mascha?“ - „Hmm, … jaja, danke, Frau Sauerwein.“

Ich smile möglichst locker zurück. Mit meinem so oft vorm Spiegel einstudierten `Na-klar-natürlich-alles-perfekt-liebe-Frau-Sauerwein-Lächeln´. Und dann strenge ich mich doppelt an. Meine heißgeliebte Ria-Lehrerin soll sich nicht länger den Kopf zerbrechen über Maschas Deutsch-Noten. Es klappt ganz gut, - finde ich zumindest. Jedenfalls fühlt sich mein Hohlkopf heute weniger hohl an als noch gestern. „Kopf hoch! Wir schaffen das, Mascha“, höre ich Robbis Stimme. Oder ist es die vom Friedo? „Aber klar doch! Wir schaffen das!“ Ich straffe meine Schultern. So voller Power müsstest du mich jetzt erleben, Friedo! Sicher wärst du stolz auf deine tolle, tapfere Mascha.

4. Kapitel: SO EIN LUSTIGER ZUFALL!

Ausgerechnet zu meinem Geburtstag hat Omi Jutta sich eine dicke November-Erkältung eingefangen. Und Opa Ralf hat Probleme mit seinen Knien. „Sind halt alle vier nicht mehr die Jüngsten“, versucht mein Vater mich zu trösten. Ich hatte mich total auf alle meine Großeltern gefreut und mache anscheinend ein entsprechend gefrustetes Gesicht. „Wie wäre es? Wir beide gehen richtig schön essen zur Feier deiner Dreizehn? Bist doch jetzt aufgerückt zu den Teenies.“

„Ach nee? Heute? Hast du denn Zeit?“ Unsicher schaue ich auf zu seinen 1, 91 Metern. „Na, logisch! Heute fängt das Wochenende an, meine allerliebste Geburtstagstochter.“ Er nimmt mich in seine ellenlangen Vater-Arme. „Worauf hast du denn mal so richtig gewaltigen Geburtstagsappetit?“ Dann bestellt er einen Tisch in unserem Lieblingsrestaurant. Zur Feier meiner aktuellen Dreizehn schmeißt er sich sogar für mich in Schale. Mit Krawatte!! Ich staune. WOW! So ein Geburtstag hat doch was!

Neben meinem Teller erwartet mich eine hellrote Rose. Und daneben ein Gutschein für ein Konzert mit meiner Lieblingsband - nach Wahl. Oder lieber für eine Fahrt in ein Musical - auch nach Wahl. Als Begleitung darf ich Nele und Anneke mitnehmen, - wenn ich das will. Noch mal Doppel-WOW! Vor Freude wird mir ganz heiß. Mein lieber Vater hat sich mordsmäßig angestrengt mit Geschenken. Die Rose und der Gutschein sind jetzt nur noch das Tüpfelchen aufs kleine i. „Danke! Du bist voll klasse, Robbi!“ Ich umarme ihn stürmisch. Vor allen Leuten. Die sollen ruhig gucken.

Das hat er schließlich mehr als verdient: Heute früh lag auf dem Geburtstagstisch mein erster Tablet-PC. Von Huawei. Media Pad T 5! Ein Superteil! Auch super teuer? Ich bin fast ausgeflippt. Passt deutlich besser als das iPod, das ich mir gewünscht hatte. Das hat Zeit bis Weihnachten. Eigentlich habe ich fast ein schlechtes Gewissen, weil das ein mächtig teurer Geburtstag wird. Da ist mir, als ob ich Friedo sagen höre: „Wenn er das Geld nicht hätte, würde er es nicht für seine Mascha-Dreizehn ausgeben können. Also freu dich einfach drüber!“ Okay, dann mache ich das mal einfach, Friedo, und strahle meinen tollen Vater an wie Oma Annas goldgelber Primeltopf.

Die Vorspeise serviert der Küchenchef persönlich. Hinter ihm taucht die Chefin auf. „Alles Gute zum Geburtstag“, sagen sie beide feierlich. Ich strahle auch sie an und habe Herzklopfen vor Überraschung. „Lassen Sie mich raten, schönes Kind“, sagt der Koch. „Es müsste der Sechzehnte sein? Oder etwa schon der Siebzehnte?“ Huch? Soll ich jetzt losprusten oder was? Also zeige ich auf meinen hübsch dekorierten Teller: „Oh, das sieht voll lecker aus!“ Ich schnuppere. „Und riechen tut es auch total verlockend. Übrigens … es ist erst mein Dreizehnter.“

„Wie bitte?“ Er mustert mich gründlich. „Glaubst du das, Chefin?“ Die lacht von Tochter zum Vater: „Eigentlich nicht. Ja, große Väter, große Töchter, nicht wahr?“ Vati setzt sein Lausbubengrinsen auf. „Sie meinen groß-artige Väter.“

Jetzt muss ich meinen unterdrückten Lachkoller einfach rauslassen, egal, ob ich dabei rot anlaufe oder peng. Weil … ich fühle mich nämlich plötzlich so richtig gut. Großartig?? Ja, vielleicht. „Danke, lieber Friedo!“, denke ich und greife betont würdevoll nach Messer und Gabel.

„Dann wünsche ich einen besonders guten Appetit!“ Eilig setzt sich der Chefkoch in seine Küche ab.

„Darf ich dem frischgebackenen Teenager noch eine kleine Aufmerksamkeit des Hauses überreichen?“ Die nette Chefin hält mir schmunzelnd ein liebevoll verpacktes Schokoladenherz vor die Nase. Ich smile sie überrascht an. „Oh, vielen Dank! Sieht das süß aus!“ Auch mein Vater freut sich. „Ich denke, es wird auch süß schmecken. Na, dann lassen wir es uns jetzt einfach so richtig gutgehen, meine siebzehn- oder sechzehnjährige Teenie-Tochter.“

Die Vorspeise ist schon mal köstlich. Toll, wenn wir nicht selber kochen müssen und uns verwöhnen lassen dürfen. Während wir aufs Hauptgericht warten, unterhalten wir uns so angeregt wie ewig nicht. Robbi ist aufgekratzt, dass ich es kaum glauben kann. Er redet buchstäblich mit Händen und Füßen gleichzeitig und steckt mich an mit seiner Begeisterung. Kichernd höre ich ihm die meiste Zeit nur zu und komme kaum zu Wort.

Plötzlich ist da eine Hand auf meiner Schulter. „Happy birthday, liebe Mascha!“ Ich fahre herum. Die Stimme kenne ich. Sehr gut sogar. „Häh? … Ria … ähm, … Frau Sauerwein?“

„Was für ein lustiger Zufall!“ Mein Vater springt auf, schüttelt der Ria freudig und ziemlich ausgiebig die Hand. (Uff! Ja, so ein Zufall! Aber lustig?? Ausgerechnet die Ria!) Ich schnappe nach Luft wie der Silvesterkarpfen in der Badewanne. Und gleich noch mal, weil ich nämlich die Vater-Stimme fragen höre: „Möchten Sie sich vielleicht mit zu uns setzen, Frau Sauerwein? Oder … Sie sind verabredet?“ „Verabredet? Nein! Mit mir selber höchstens. Das brauche ich nämlich manchmal neben der Schule.“ Sie lacht ihr ansteckendes helles Ria-Lachen. „Ja, also vielen

Dank. Aber ich kann euch beide doch nicht stören. Heute bei eurem festlichen Geburtstagsessen."

„Was sagst du, Mascha?" Die beiden schauen mich unsicher an. (Huppsi! Wie peinlich ist das jetzt?) Ich fühle, wie ich rötlich anlaufe. Er lässt mir erst gar keine Gelegenheit für eine Antwort. „Es ist uns eine ganz besondere Ehre. Stimmt doch, Mascha?" Frech wie ein Schuljunge grinst er mich an. Tja, was soll ich dazu noch sagen? Egal wie peinlich … `Amen, Herr Pfarrer´? Oder `Jawohl, mein liebstes Väterchen´? Also nicke ich am besten einfach. Ohne Worte!

Dann wird es ein rundherum vergnügter und ausgedehnter Geburtstagsabend zu dritt, wie die Ria es zum Abschied ausdrückt. Ja, weil … also ich beschließe spontan, das Beste zu machen aus unserem Überraschungsgast. Die coole Mascha? Nele würde wohl sagen: „Mach dich doch mal locker, Mädchen!" Und Friedos Kommentar wäre sicher: „Das ist doch die Gelegenheit. Bitte nutze sie, so gut es für dich passt." Tja, deshalb nutze ich sie, so gut es für mich passt. Ich darf ausnahmsweise mit einem kleinen Gläschen Sekt auf meinen Teenie-Dreizehnten anstoßen.

Mein geschwätziger Vater muss natürlich der Ria brühwarm erzählen, was der Küchenchef geschätzt hat. Die Ria lacht: „Oh ja, das kann man wirklich glauben, wenn man es nicht weiß, Mascha. Sei mal froh, weil du mit deiner Sechzehn noch reichlich Zeit hast."

Ich schlucke und werde auf einmal wieder die ernste, verlegene Mascha. „Das bin ich irgendwie auch. Aber trotzdem ist das mein Problem." Die Ria guckt mir in die Augen. „Es sollte aber keins sein, weißt du. Stell dir vor, du wärst so ein Krümel wie viele deiner Mitschüler. So einer, den alle deutlich jünger schätzen und deshalb für noch reichlich unreif halten. Wäre dir das etwa lieber?“ Und mein `einfühlsamer´ Vater meint trocken: „Mir jedenfalls nicht. Ich könnte es mir gar nicht anders vorstellen.“ Er zwinkert der Ria listig zu. Ich nicke nachdenklich, schaue versonnen in mein Glas. „Nee, ich eher auch nicht. Will ich auch gar nicht.“

Irgendwann bei der zweiten Flasche Wein stößt der Herr mit uns beiden `Damen´ an und tönt beschwingt: „Ich bin übrigens Robert. Doch fast jeder sagt ROBBI zu mir. Vor allem meine ebenso reizende wie respektlose Tochter.“ Upps! Übertrifft er sich heute selber, mein ebenso reizender wie redseliger Vater? Ich kichere albern, weil nämlich die Ria direkt auch mal verlegen wird und hektische rote Flecken am Hals kriegt. „Ähm, … okay, … Also darf ich auch Robbi sagen? Ich heiße eigentlich Ricarda. Bei meinen netten Kids und auch im Kollegium bin ich allerdings die Ria.“ Mein Robbi-Vater grinst sie charmant an: „Tja, nette Kids wissen halt, was zu netten Lehrerinnen passt.“ Na, bravo. Alles Bingo! Sie ist eben nicht von gestern, unser saurer Wein! Hat doch was, wenn Lehrer ihre Spitznamen kennen und sie akzeptieren. Sie anscheinend sogar mögen.

Seit mehr als einem Jahr habe ich meinen Vater nicht mehr so völlig entspannt und vergnügt erlebt. Unsere tolle Ria scheint auch ihn …, ich würde mal sagen: zu faszinieren? Jedenfalls tut ihre lockere, humorvolle Art uns beiden so was von gut. Weil es reichlich spät wird und die Ria zu Fuß gekommen ist, bietet der höfliche Robbi ihr natürlich an, sie heimzufahren. „Besonders herzlichen Dank euch zweien für diesen reizenden Geburtstagsabend“, verabschiedet sie sich beim Aussteigen. „Es war wunderschön mit euch. Gute Nacht, Mascha und Robbi!“ Ein Küsschen auf meine und eins auf Robbis Wange, - schwupp, entschlüpft sie ins Haus. Wir beide stehen wie angewurzelt und schauen ihr hinterher. (Jede Wette, er hätte sie gerne zum Abschied fest umarmt? Und ich? Ja, ich eigentlich auch.)

Nur noch im Telegrammstil erfährt Friedo von Frau Sauerweins `Überraschungs-Überfall´ beim Geburtstagsessen, dann klappen meine Augen zu. „Morgen, Friedo, ... Mehr gibt´s erst morgen! Gute Nacht!“

„Ja, morgen erwarte ich deinen ausführlichen Bericht. Jetzt träum was besonders Schönes zum Ende vom Geburtstag.“ Ich fühle noch, wie Friedo meine Schultern zudeckt. So spät ist seine Mascha noch niemals eingeschlafen, außer natürlich an Silvester, fällt ihm ein. Er ist ebenso glücklich über diesen Überraschungsgeburtstag wie Mascha selber. Wer weiß, vielleicht ist das ein neuer Anfang? Er faltet die Hände. „Was glaubt ihr, Heiliger Herr? Habe ich Recht?“

„Engel sind keineswegs neugierig, mein lieber Friedo. Und ein Schutzengel schon überhaupt nicht. Bitte übe auch du dich daher in weiser Geduld!“ So lautet die enttäuschende Antwort. „Wie ihr meint, Heiliger Herr.“ Demütig senkt Friedo den Kopf. Geduld zu haben, das heißt im Klartext, nicht wenigstens ein ganz kleines bisschen neugierig sein zu dürfen. Oh, aber genau das fällt ihm jetzt nicht gerade leicht.

5. Kapitel: TAGEBUCH FÜR MAMA

Am Montag zum Ende der großen Pause geht die Tür zum Lehrerzimmer auf, als wir drei Orgelpfeifen mit Farah und Jamala, den Mädchen aus Syrien, gerade vorbeischlendern. Upps, die Ria! „Hallo, Mascha! Alles in Butter?“ Sie winkt uns zu. Ihre Augen glänzen verdächtig, fällt mir auf.

„Klar, logo.“ Ich winke zurück. Nele und Anneke spüren meine leicht erhöhte Pulsfrequenz zum Glück nicht. Geht sie auch nicht die Bohne was an. Unnötiges Gelaber brauche ich gerade überhaupt nicht. Und sicher die Ria erst recht nicht. „Bis gleich!“ Die vielbeschäftigte Lehrerin hat es eilig, in ihre Klasse zu kommen.

Zum zwölften Geburtstag hat mir Omi Jutta ein Tagebuch geschenkt. Hellgrün ist es. Mit einem kleinen Schloss dran und zwei winzigen Schlüsseln. Falls ich irgendwann Spaß auf Reinschreiben kriege, meinte sie. Ich habe wohl reichlich schräg geguckt. Da hat sie gemeint: „Du schreibst einfach drauf los, was dir wichtig ist. Außer der Mascha soll es ja keine Menschenseele lesen, nicht mal deine Jutta-Omi.“ Erst nach ein paar Wochen habe ich mich endlich mal ran getraut an dieses Tagebuch. Wenige kurze Sätze waren es am Anfang. Irgendwann war die Idee in meinem Kopf: Ich wollte an meine Mutter schreiben. Ihr alles berichten. Vom Gitarrenunterricht und meinen eigenen Songs. Vom Basketballtraining. Von den Wochenenden am Laptop oder mit meinen alten DVDs, den teilweise uralten, aber spannenden Hörbüchern.

Natürlich auch von uns drei Orgelpfeifen und den beiden neuen Freundinnen: Farah und Jamala aus den Migrantenfamilien. Seit Ende der sechsten Klasse sind sie und Farahs Bruder Ali bei uns. Sie schienen alle drei traumatisiert zu sein, sehr eingeschüchtert und oft auffallend schreckhaft. Logisch nach all dem, was sie in ihrer Heimat hinter sich hatten. Sie sprachen anfangs nur holpriges Englisch. Ich dachte, sie würden niemals von ihren großen Ängsten loskommen. Inzwischen wirken sie meistens fröhlicher, total aufgeschlossen und sind erstaunlich weit mit ihrem Deutsch. Sie scheinen aus den sogenannten höheren Familien in Syrien zu stammen. Wir und alle Lehrer kümmern uns gerne und viel um sie. Sie sind halt lieb, anhänglich und dankbar. Und scheinen trotz allem Schlimmen doch irgendwie total stolz auf ihre Heimat zu sein.

Darüber musste ich Mama regelmäßig berichten, weil es mir so wichtig ist. Und von der Ria und den anderen Lehrern wollte ich ihr erzählen. Auch das, was mir manchmal unheimlich stinkt, wollte ich ihr schreiben. Alles ganz ehrlich und nix dazu gemogelt oder weggeschwiegen. Friedo hat gesagt, sie könne das vom Himmel aus ziemlich genau lesen, wenn ich es in meiner Sonntagsnachmittagsausgehschrift schreibe. „He, Friedo, ich bin schon zwölf, falls du ´s vergessen hast!“, habe ich protestiert. „Denkst wohl, ich glaub noch an deine ulkigen Baby-Märchen?“

„Soso! Ulkig! Nein, das denke ich keineswegs, liebe Mascha. Dennoch stimmt es. Du darfst es deinem klugen Friedo wirklich glauben. Wir Engel dürfen nie schwindeln. Niemals! Erst recht keine Notlügen! Denn die sind uns strengstens verboten. Amen, Heiliger Herr!“

Ich wollte ihm gerne glauben, habe es jedenfalls versucht. Es hat mich tatsächlich aufgebaut, mich mit meiner Mutter so was Ähnliches wie zu unterhalten. Mir egal, wo sie das hört oder liest oder beides. Auch wenn sie mir niemals antworten kann. Aber ich spüre sie dann in meiner Nähe.

Fast jeden Abend habe ich damals in dieses Tagebuch geschrieben. Und am Wochenende auch noch morgens im Bett. Inzwischen ist dafür weniger Zeit: Hausaufgaben, Sport-Training, Musikstunde, Treffen mit Anneke und Nele. Ach, und Kochen muss ich halt auch. Möglichst sieben Mal in der Woche. Das durfte ich mir bei Anna-Oma abgucken. Mit Rezepten kenne ich mich mittlerweile prima aus. Robbi muss aufpassen, damit er kein Altmännerbäuchlein ansetzt bei Maschas immer perfekteren Kochkünsten, meint er.

Am Sonntag `hexen´ wir uns manchmal zusammen in der Küche was Leckeres zurecht. Falls er dafür `genügend Zeit opfern´ kann, wie er es nennt. Ich darf auch immer mal meine Freundinnen einladen, zum Pasta-Kochen. Oder zum Pizza- und auch mal Kuchenbacken. Wir drei haben jede Menge Spaß, auch wenn die Küche hinterher meistens aussieht wie das berühmte Waterloo-Schlachtfeld. Mein Vater muss später die Reste essen. Mit seinem gewaltigen Robbi-Appetit und einer halben Flasche vom italienischen Lieblings-Rotwein putzt er gerne jedes übriggebliebene Krümelchen weg.

„Heiratet eigentlich dein Paps nicht mal wieder?“, erkundigt sich Anneke mit vollem Pizzamund. „Ja! Stimmt! Du könntest langsam mal ´ne neue Mutter brauchen, Mascha.“ Nele schaut mich ernsthaft an. Neue Mutter? Für mich?? Was soll DAS denn??? Mein Magen krampft sich zusammen. Dazu kann und will ich nix sagen. Themawechsel! Abends muss Friedo sich anhören, wie ich aus der Haut fahre. „Ach Friedo, die ticken doch nicht richtig! Wozu brauche ich ´ne neue Mutter? Wie kommen die ausgerechnet auf solchen Schwachsinn??? Beste Freundinnen, hahaha! Nee, weißte! Bescheuerter geht ´s wohl nicht!“

Friedo sagt eine Weile keinen Ton. „He, Friedo, was ist

los? Sag doch auch was dazu!“ Ungeduldig starre ich ihn an. „Das, liebe Mascha, was ich dir antworten möchte, willst du sowieso nicht hören“, beginnt er vorsichtig. „Ach, komm, sag schon endlich deine Meinung!“, fordere ich ihn auf. „Meine Meinung ist, du solltest über Annekes nicht unberechtigte Frage nachdenken.“ Friedo sagt das völlig ruhig und bestimmt. „Hallo, spinnst jetzt du genauso?“, gifte ich ihn sofort an. „Ich will keine andere Mutter. Kapiert ihr das denn nicht?“ Ich ziehe meine Bettdecke weit über die Ohren. Sollen sie mich doch alle in Ruhe lassen! Friedo wendet sich ab, murmelt vor sich hin und löst sich beleidigt in Luft auf. Nie mehr wird er von diesem albernen Thema anfangen, das weiß ich hundertpro.

Nele und Anneke fangen auch nicht mehr davon an. Sie haben anscheinend direkt mal eine Antenne dafür, wie sauer ich reagiert habe auf Annekes `brillanten´ Vorschlag. Ich bin heilfroh, weil von Robbi noch nie was in dieser Richtung gekommen ist. Frauenbekanntschaften? Nee, die scheinen für ihn tabu zu sein. Indiskutabel und damit Basta! Er hat ja sowieso kaum Zeit für seine Tochter. Also erst recht keine für eine neue Frau. Definitiv nicht! Tja, so einfach ist das. Simpler geht ´s kaum.

Häh?! Und an meinem Geburtstag? Da hatte er plötzlich Zeit ohne Ende. Für den dringenden Schultermin mit der Ria hatte er plötzlich auch Zeit. Darüber muss ich unbedingt mit Friedo sprechen. Ob er noch sauer ist? Nein, im Gegenteil. Engel sind niemals sauer, erklärt er mir. Er überlegt kurz und sagt dann: „Ist es vielleicht möglich, dass dein Vater allmählich begreift, was es noch Anderes, noch Wichtigeres gibt außer seiner zu vielen Arbeit?“

Ich überlege länger, bevor ich argwöhnisch frage: „Das wäre nicht schlecht, oder?“ Friedo meint knapp: „Das wäre nicht nur nicht schlecht, sondern wunderbar. Denk bitte mal darüber nach.“ Damit wünscht er mir schöne Träume und ist verschwunden. Lange kann ich nicht einschlafen. Wieder höre ich Annekes vielleicht gar nicht so blöde Frage. Ob mein einsamer Vater sich die manchmal auch stellt? Er ist noch nicht so schrecklich alt, - Mitte Vierzig, na und? Die Omi meint sogar, er sei noch jung und knackig. Alte Leute sehen das halt anders, logisch. Will er ewig allein leben, mit seiner Tochter, bis er irgendwann nur noch graue Haare hat oder ´ne Halbglatze? Und bis er nicht mehr ohne Rollator gehen kann eines Tages? Außerdem muss ich nach der Schule was von der Welt sehen, - das steht fest. Da kann ich nicht jedes Mal meinen alten Vater mitnehmen. Soll er solange traurig zu Hause herumhocken und sich rund um die Uhr selber bemitleiden ohne seine Mascha? Morgen Abend muss ich das dringend und ausführlich mit Friedo bereden.

Ich könnte auch direkt mit Robbi darüber sprechen, weil es ihn schließlich in erster Linie angeht, schlägt Friedo vor. „Nee, so weit bin ich noch nicht“, wehre ich ab. „Falls er nicht von selber mit dem Thema anfängt, halte ich mich da besser raus. Da kannst du mich vollreden, soviel du willst.“

„Ach, Mascha Sturkopf!“, stöhnt Friedo. „Du musst aber mit ihm reden. Ich wette, er denkt, du willst davon nichts hören. Deswegen ist er ähnlich still wie eine Kirchenbank bei diesem wichtigen Thema.“

„Hihi! Seit wann dürfen Engel wetten?“ Gegen meinen Willen muss ich laut lachen. „Pardon. Hast mich erwischt“, gibt Friedo schuldbewusst zu. „Oh, nein, ich wette ja gar nicht. Ich bin mir bloß in diesem Fall ziemlich sicher.“

„Ich aber nicht!“ Ich mache auf bockiges kleines Mädchen.

Beim Abendessen, zwischen zwei Bissen Kartoffelauflauf, quetsche ich raus: „Du, Robbi! Willst du eigentlich irgendwann …“ Ich verschlucke mich und huste einen Kartoffelbrocken auf meinen Teller zurück. „Was will ich eigentlich irgendwann? “ Interessiert schaut er mich an. „Hei … ja, genau, heiraten.“ Jetzt ist es raus. Vom Husten ist mein Kopf heiß, - oder wovon sonst? Die Vater-Augen werden groß und ungläubig. „Hallo, hast du eben was gesagt von … HEIRATEN, Tochter?“

„Ähm, … ja, hab ich wohl“, krächze ich verlegen.

„Wie kommst du ausgerechnet darauf?“ Die Vater-Augen werden wieder normal, nur seine dunklen Brauen heben sich. „Weil, … weil, … ich dachte …“ Ich fühle mich wie der letzte Ober-Depp und höchst ungemütlich in meiner Tochter-Haut. Wie soll ich ihm denn das jetzt erklären?

„Wir zwei kommen doch prima klar, oder?“ Er hat sein Besteck hingelegt und schaut mich besorgt an. „Fehlt dir etwa eine neue Frau im Haus, meine Süße?“

„Nee! Nee, überhaupt nicht!“ Ich verschlucke mich gleich noch mal. Diesmal an meiner Spucke. „Wir … wir kommen super klar“, japse ich und fühle meinen Kopf tomatenrot anlaufen.

„Uff, das beruhigt mich doch sehr, mein großes Mädchen. Und falls mir irgendwann mal nach Heiraten zumute sein sollte, sage ich es dir natürlich zuerst. Fest versprochen!“

Ich höre den Felsbrocken von meinem Herzen mitten auf meinen Teller plumpsen. Tief atme ich ein und aus. Megaerleichtert bin ich. „Danke, Robbi! Tut mir leid, echt, eben die doofe Frage. Und zum Nachtisch gibt es Obstsalat mit Schlagsahne.“ - „Na, Menschenskinder, dann wäre ich wohl saublöd, mir irgendeine Frau anzulachen, was?“ Er grinst breit und greift wieder nach seiner Gabel. „Der schmeckt einsame Klasse, dein Auflauf, meine Süße“, mampft er und zwinkert mir vergnügt zu.

Vorm Zähneputzen schreibe ich noch schnell ins hellgrüne Tagebuch: „Oh, Mamsi, kannst du von da oben sehen, wie froh ich bin? Vati, also dein Robbi braucht gar keine neue Frau. Wie bin ich bloß auf so ´nen hirnrissigen Mega-Quatsch gekommen?? Er hat genug damit zu tun, mit seiner respektlosen Teenager-Tochter auszukommen. Eine zweite Nervensäge will er sich lieber nicht freiwillig antun, hat er gesagt. Das hat er aber nicht ernst gemeint, oder? Er hat dabei gelacht. Na ja, du kennst ihn ja mit seinen dummen Robbi-Sprüchen. Gute Nacht, Mamilein.“

Friedo guckt mir über die Schulter, ohne dass ich es zuerst bemerke. „Gut! Sehr gut!“, murmelt er zufrieden. „Danke, Heiliger Herr! Danke, drei Mal Halleluja und Amen!“

6. Kapitel: DIESE ELENDEN DRECK-SCHWEINE!

Am Donnerstagabend bin ich gerade auf dem Heimweg. Bei Anneke haben wir zu dritt ein Deutsch-Referat vorbereitet. Lustig war ´s! Jede Menge leckere Adventsplätzchen haben wir verputzt. Ich bin richtig gut drauf. Hab ´s eilig, ins Warme zu kommen, mache meine Riesen-Mascha-Schritte. Tief ziehe ich mir die neue Mütze von Oma Anna über die Ohren gegen den leichten Schneeregen und puste kleine Atemwölkchen ins fahle Licht der Straßenlaternen. Nur noch am Park vorbei, dann bin ich gleich daheim. Zwei Kerle schlendern mir entgegen, nicht sehr groß, stämmig der eine. Sie stellen sich mir in den Weg, quatschen mich an: „Ah … scheenes Frau!“ He! Wollt ihr … mich anmachen? Unwirsch will ich mich an ihnen vorbeidrängen. „Hallo! Was soll das, Leute? Haut ab! Verpisst euch!“ Der Größere breitet seine Arme weit aus. Wie hinter einem Gitter fühle ich mich. „Du mitkommen, scheenes Frauchen!“, zischt er mir zu durch seine Alkoholfahne und macht einen Kussmund.

„Verschwindet! Aber flott-flott!“, zische ich böse zurück. Breites, unverschämtes Grinsen auf beiden Gesichtern. Tiefschwarze Augen scheinen mich zu durchbohren. „Du mitkommen! Du scheenes Frauchen! Du kommen!“

„Nix kommen! Bin keine Frau!“, schreie ich sie an. „Home! I go home“, versuche ich ´s auf Englisch. „Eilig, verstehst ihr? I ´m in a hurry!“ Ich schubse den Kerl zur Seite, gehe mit weichen Knien an ihm vorbei. Kein Mensch ist zu sehen. Ob die sich abschütteln lassen? Noch wenige Schritte, dann ist der dunkle Park zu Ende. Ich wage nicht, mich umzudrehen oder zu rennen. Gehe stur geradeaus. Plötzlich fühle ich mich an den Armen gepackt und herumgeschleudert. Verliere das Gleichgewicht, lande im Gebüsch. „Scheiße!“, schreie ich los. „Hilfe! Hilfe! Scheiße!“ Eine breite, warme Hand verschließt meinen Mund ...

Ich keuche, strample, zapple wild mit den Beinen. Ich höre lautes Fluchen. Ein schwerer Körper drückt mich auf den Boden. Ich boxe drauf los, in heftiger Panik. Zwei Hände packen derb nach meinen Armen, zwingen mich stillzuhalten. Zwei andere Hände zerren an meiner Jacke. Ich trete um mich. Trete so fest ich kann. Ein schriller Schmerzensschrei, ein kurzer Schlag gegen meinen Kopf. Weiß später nicht mehr, wie ich es geschafft habe, mich loszureißen.

Aufspringen, durch die Büsche davonstürzen … genau in die Arme eines hochgewachsenen Mannes, der mich auffängt und prüfend betrachtet. „Hallo! Wen haben wir denn da? Nicht so stürmisch, junge Frau! Hast du es immer so eilig? He, wo brennt ´s denn?“

„Mann, die haben sie überfallen, Tim!“ Hinter ihm erkenne ich eine ziemlich kleine junge Frau mit einem Kinderwagen. „Wie bitte? Überfallen? Stimmt das?“ Geschockt schauen mir die beiden in die Augen. „Fuck! Wer war das?“ Der Mann macht einen hastigen Satz rückwärts ins Gebüsch. „Elende Dreckschweine!“, höre ich ihn brüllen.

Ich fange an zu zittern. Zittere vor Angst und vor Erleichterung. Und vor Wut, - einer Riesenwut. Die Frau nimmt mich vorsichtig in die Arme. „Du hast sie verhauen, was? Tapferes Mädchen! Hast dich toll gewehrt.“

„Ich … ich weiß nicht. Ging alles rasend schnell.“ Meine Zähne schlagen unkontrolliert aufeinander. Meine Knie sind wie Vanillepudding. Ich keuche noch immer voller Panik.

Schnaufend taucht der Mann aus dem Park auf. „Noch mal Doppel-Fuck! Weg sind sie. Diese Dreckschweine, diese elenden! Megabullshit!“, krakeelt er mit geballten Fäusten. „Die sprachen kein Deutsch, was?“ Ich nicke stumm, bringe keinen Ton mehr raus. „Zurückschicken in ihre Länder sollte man solche miesen Typen!“, schimpft die Frau. „Was haben die hier zu suchen?“ Der Mann hält mir meine Tasche hin. „Ist doch deine, oder? Lag dahinten in den Büschen.“

Dankbar und mega-erleichtert hänge ich sie mir um. Mein geliebtes, wertvolles Tablet ist da drin mit dem Referat und anderen wichtigen Links. Uff! Wenn das weg gewesen wäre! Haben diese miesen Kerle zum Glück nicht geahnt.

Tim möchte von mir wissen: „Kannst du sie beschreiben? Sofort anzeigen muss man die. Waren zwei Kerle?“

Wieder nicke ich. Anzeigen? Aber ... was soll ich der Polizei sagen? Im Dunkeln habe ich doch kaum was erkannt. Trug der Größere einen Lippenbart? Hatte der andere eine Narbe überm Auge? In meinem Kopf fährt ein Karussell. Immer rundherum.

„Wohnst du hier in der Nähe?“ Die Frau stupst mich sanft an und guckt fragend zu mir hoch. „Sollen wir dich nach Hause bringen?“ Ich höre mich nur krächzen: „Gleich da drüben. Danke, ich glaube, das schaffe ich jetzt alleine.“

Das Kleine im Kinderwagen fängt an zu krähen, dann laut zu jammern. „Hey, mein Mäuschen! Bist ja munter.“ Die Mutter beugt sich zu ihrem Kind. „Kein Wunder, Bea-Schatz! Bei unserem Geschrei“, meint ihr Mann. Bea-Schatz zaubert sich ein liebevolles Lächeln ins Gesicht. „Komm schon, Tim! Joris hat Durst auf sein Abend-

Fläschchen.“ Tim hakt mich unter und zieht mich mit sich. „Wäre wohl gelacht, Mädchen, wir könnten dich nicht bis zu eurer Tür bringen, was?“ Er grinst mich betont aufmunternd an.

„Ich bin Mascha. Oh, ja, danke! Ist mir sowieso deutlich lieber.“ Allmählich gehorcht meine Wackelstimme mir wieder, zumindest annähernd. Aufatmend schließe ich die Haustür auf und winke Tim, Bea-Schatz und Klein-Joris zu. „War echt mega-toll von euch. Danke! Vielen, vielen Dank! Kommt auch gut heim alle drei.“

Bei meinem Vater wird ´s heute sicher später, hat er mir auf WhatsApp geschrieben. Er muss mit Kunden zum Essen gehen. Ich seufze tiefer als tief. Passt genau, wenn er beim Abendessen nicht da ist. Ich kriege keinen Bissen runter nach dem Schock. Zittere innendrin immer noch. Eiskalt ist mir, bis in die Knochen. Aus dem Spiegel schaut mir ein käsiges Gesicht entgegen, das mir irgendwie fremd, unheimlich und unwirklich vorkommt. Ich lasse mich auf mein Bett fallen, ohne Licht zu machen. Krieche bibbernd unter die Decke. Nur Jacke und Schuhe habe ich ausgezogen. Ich kuschle mich in meinen langen Oma-Anna-Schal. Mein Herz will nicht aufhören zu rasen. Ich kneife mich in den linken Daumen. Habe ich das eben geträumt? Ist das wirklich MIR passiert? War das ein besonders fieser Alptraum? „Lass es nur einen Scheiß-Traum gewesen sein“, murmle ich mit geschlossenen Augen. Hallo, wo steckt eigentlich Friedo? Ich reiße die Augen wieder auf, starre ins dunkle Zimmer. „Friedo? … Ach, Friedo, bist du da?“

Keine Antwort. Ich setze mich vorsichtig auf. In meinem Kopf dröhnt ein Hubschrauber. „Ein feiner Schutzengel bist du!“, schimpfe ich los. „Wo warst du eben? Du sollst mich beschützen, hörst du?“

„Na, na, mal langsam! Ist das deine feine Art? Ich habe dich beschützt, liebe Mascha.“ Friedo erscheint an meinem Bett. „Das musst du doch gemerkt haben, oder?“

„Echt? Mich beschützt? DU?“ Ich kneife die Augen zusammen, muss nicht lange überlegen. „DU warst dieser TIM?“ Friedo nickt zufrieden: „Natürlich, meine arme Mascha. Hättest du dir das nicht selber denken können?“

„Hätte ich wohl“, gebe ich zu. „Ich hab mich halt so grässlich erschrocken.“ - „Und hast dich gewehrt wie ein tapferes Ritterfräulein und ein wütender Löwe gleichzeitig“, lobt Friedo. „Mein großes Kompliment! Diese gemeingefährlichen Burschen werden noch ein paar Tage fluchend an dich denken, wenn sie ihre Wunden lecken dürfen.“ Jetzt kichert er sogar vergnügt. Hat er denn vorhin keine Angst ausgestanden um seine Mascha? Kapier ich nicht.

„Meinst du wirklich?“ Ich glühe inzwischen wie ein Ofen anstatt zu frieren. Vor Stolz über Friedos Kompliment? Vor Erschöpfung? „Oh ja, das meine ich. Und noch etwas meine ich, liebe Mascha.“ Sein Engel-Ton wird mal wieder unerwartet streng. Was kommt jetzt noch? Unsicher sehe ich ihn an. „Von selber kommst du nicht drauf?“ Er faltet die Hände zum Gebet: „Ach, Heiliger Herr! Solche Unvernunft in einem hübschen Mädchenkopf! Wie soll ein Schutzengel das aushalten? Bitte, lass du meine arme Mascha klug werden nach diesem unerwarteten Schrecken. Lass sie nie mehr mutterseelenallein im Dunkeln durch die Gegend wandern. Ich kann leider, leider nichts zaubern, - falls sie nochmals irgendwelchen Bösewichten in die Arme laufen sollte.“

Ich schnappe nach Luft. „Oh, Friedo, das meinst du. Ich verspreche dir hoch und heilig, ich mach ´s nie wieder.

Einmal hat mir ja wohl dicke gereicht. Zufrieden?“

Mein Friedo verbeugt sich leicht: „Danke, Heiliger Herr!“ Dann streicht mir sein Hauch die verschwitzten Haare aus der Stirn. „Du solltest dringend schlafen, meine Liebe. Ich fürchte, du wirst krank, kochend-heiß, wie du dich anfühlst. Wie eine Herdplatte auf Stufe zwei bis drei.“ Seine Stimme klingt jetzt noch eine Spur strenger.

Leider stimmt Friedos Vermutung. Ich wälze mich die ganze Nacht unter meiner Decke von rechts nach links und vom Bauch auf den Rücken. Ich merke auch nicht, wie ein besorgter Robbi mir einen zärtlichen Gute-Nacht-Kuss gibt und mitten in der Nacht noch mehrmals nach mir schaut. Als ich hochschrecke, ist es morgenhell draußen. Neun Uhr!

Waaas??? Oh, verflixt!!! „Robbi!! Wir haben verschlafen! Schnell!“ Ich springe aus dem Bett … und knicke um wie ein Strohhalm. „Na, meine Schlafmütze, bist du endlich wach?“ Er bugsiert mich unter die Bettdecke zurück. „Wo hast du dich denn angesteckt, mein armes Mädchen?“ Er hält mir das Fieberthermometer hin.

„Ich … Und was ist mit der Schule?“ Ich kriege kaum die Augen auf. Mein Kopf dröhnt. „Ich habe dich vorhin bei der Sekretärin krank gemeldet“, sagt er. „Heute zum Freitag versäumst du nicht allzu viel. Und bis Montag versuchst du, wieder auf dem Damm zu sein. Was soll ich dir zum Frühstück bringen? Worauf hast du Appetit?“

Huch? Frühstück im Bett? Das kenne ich nur von Mama. Appetit habe ich nullkommanull. Trotzdem tut es mir gut, mich vom Vater verwöhnen zu lassen. Er kann heute ausnahmsweise von zu Hause aus arbeiten. Ich genieße es, mich von ihm bemuttern zu lassen. (Nö, be-vatern sollte es besser heißen, oder?) Aber reden … nee, das kann ich nicht mit ihm. Das Erlebnis von gestern Abend muss ich erstmal für mich alleine verdauen. Er würde sich schrecklicher als schrecklich aufregen, und womöglich würde er sofort bei der Polizei Anzeige erstatten gegen diese zwei kriminellen Kerle. Nee, das will ich auf gar keinen Fall. Soll er ruhig an eine Erkältung mit Fieber glauben. Ich huste mal zur Probe. Klingt ziemlich echt. Ein bisschen grippig sogar? Genau richtig, um mich tief ins Bett zu kuscheln.

Nachmittags klingelt Anneke Sturm. „Oh, du Armes!" Sie setzt sich auf meine Bettkante. „Richtig mickrig siehst du aus. Hat ´s dich gerade voll erwischt, Süße?" Mickrig? „Tja, fühle mich auch echt scheiße", gebe ich zu. „Warte, bin gleich wieder da." Aus dem Spiegel überm Waschbecken springt mich ein Bild des großen Katzenjammers an. Upps! Kenn ich dich, du da drinne? Meiner Mutter wie aus dem Gesicht geschnitten, die Mascha, behaupten beide Omas. Na, wenn die Anna-Oma es nicht weiß! Mama ist, äh, sie war schließlich ihre Tochter. Aber mein Vater muss auch deutlich an mir beteiligt gewesen sein. Sagen wir mal so: Eigentlich gefällt mir dieses Gesicht im Spiegel gar nicht so schlecht. Na gut, ist gerade jetzt nicht so der Knaller mit den verquollenen Schweinsäuglein und der blassen Spitznase. Wie kann jemand denn so völlig durch den Wind sein? Warte, das haben wir gleich. Kaltes Wasser kann zaubern! Ich gefalle mir schon gleich bisschen besser. Strecke der Mascha im Spiegel die Zunge weit raus. He, komm in die Hufe, Mädel! Sorry, Anneke, bin schon wieder da!

Und dann dauert es nicht lange, bis meine beste Freundin weiß, was gestern Abend passiert ist. Haarklein berichte ich ihr, was ich noch aus meiner verschwommenen Erinnerung nach oben hole. Annekes Gesicht wird zuerst lang, danach immer länger, während sie angespannt mit offenem Mund zuhört. „Verdammt! So ´ne fiese Sauerei!“, schimpft sie endlich los und ist mittlerweile vor Entsetzen rot angelaufen. „Ich hätte mir voll in die Unterhose gemacht. Wahnsinn, wie du dich gewehrt hast. Hätte ich ums Verrecken nie geschafft. Gegen solche brutalen Scheißkerle.“ Sie ist dicht davor, ins feuerhüpfende Rumpelstilzchen zu mutieren.

„Notwehr? So nennt man das wohl.“ Ich wundere mich über mich selber. Noch nie habe ich mich richtig wehren können. Egal gegen wen oder was. Eigentlich müsste ich … ja, direkt stolz auf mich sein. „Ich frag mich, warum die sich ausgerechnet an mich ranmachen wollten?“, grüble ich. „Das kann ich dir sagen. Weil du nämlich auf die wirkst, als wenn du zwanzig wärst“, meint Anneke wichtig.

„Guter Witz“, brumme ich. „Bloß weil ich so lange Beine hab?“ - „Okay, nicht ganz wie zwanzig“, lenkt Anneke ein. „Jedenfalls für fünfzehn oder sechzehn haben sie dich gehalten, wetten?“

Ich verdrehe die Augen. „Wenn die Halunken wüssten … Am besten, ich hänge mir ein knallrotes Schild um:

PFOTEN WEG!!!

Bin - gerade - mal - erst - DREIZEHN - geworden!“ Anneke findet die Idee cool. Dann legt sie den Zeigefinger an die Nase. „Was meine Eltern sagen würden …“

Ich falle ihr ins Wort: „Ach, du! Denkste, ich hab das sofort meinem Vater erzählt?“

„Waaas?“ Sie starrt mich völlig entgeistert an, als hätte ich fließend chinesisch gesprochen. „Der … weiß von nix?“ „Nee. Besser nicht. Der bringt ´s fertig und schleift mich zur Polizei.“ - „He, und exakt da gehörst du hin. Tausendpro! Mensch, Mascha, in was für ´ner antiquierten

Traum-Welt lebst du eigentlich? Ich raffe das nicht!“ Anneke will mich einfach nicht verstehen. „So ´ne Hundsgemeinheit muss man doch direkt fünf Minuten später melden. Also anzeigen, meine ich. “

Wie soll ich ihr sagen, wem ich stattdessen von meinen Sorgen erzähle? Würde sie mir überhaupt glauben? Sie hat halt eine Mutter und eine größere Schwester, bei denen sie sich ausheulen kann. Von meinem Friedo hat sie natürlich null Ahnung. Von meinem Tagebuch sowieso nicht. Tagebücher und so Zeug sind was für sentimentale Spinner, hat sie irgendwann getönt. Und Nele hat das auch gemeint. Seitdem behalte ich Tagebuch und Schutzengel lieber für mich. Beide gehen nicht mal beste Freundinnen was an. Und von Friedo weiß bisher noch nicht mal meine Lieblingsoma.

Anneke muss den großen Indianer-Geist-Eid schwören, keinem weiter zu erzählen, was sie eben gehört hat. Top secret auf ganzer Linie!! „Auch zu Nele gar nix?“, fragt sie erstaunt. „Nee, vorläufig auch gar nix zu Nele, bitte!“ Ernsthaft schaue ich ihr in die Augen. „Du, ich verlasse mich auf dich. Hundertpro!“ - „Weißt du doch, Schätzchen! Mein zweiter Name ist … ähm, ja: Diskretion. Und mein Indianername wäre: `Die-Nix-Rausplappert´.“ Ich verkneife mir gerade so das spöttische Lachen. Ausgerechnet du und nix rausplappern, denke ich. Ob Anneke es tatsächlich schafft, den Mund zu halten? Sogar bei der oberneugierigen Nele?

7. Kapitel: EIN VATER FÄLLT AUS ALLEN WOLKEN

Tja, die angeblich so diskrete Anneke schafft es tatsächlich NICHT. Aber das erfahre ich erst eine Woche später. Da parkt nämlich nachmittags, wie aus heiterem Himmel, ein rotes Auto vor unserem Haus ein, das ich irgendwie kennen sollte. Ich reibe mir die Augen. Habe ich … upps! … eine Fata Morgana?? Das sieht irgendwie aus nach dem Auto … von … Ha, stimmt, das könnte das Auto von der Ria Sauerwein sein, oder? Will die etwa zu uns? Oder ist das ihr Geist? Oh nein, ein Geist klingelt nicht. Und er bittet auch nicht höflich um Entschuldigung für diesen `Überfall´ am Nachmittag. Mehr als verdutzt schaue ich in die glänzenden braunen Ria-Augen. Mir bleibt die Spucke weg und ich bin einfach sprachlos.

„Hi, Mascha! Bitte nicht erschrecken. Ich bin´s doch nur.“ Uppsi!!! NUR ist gut! „Wollen Sie … zu meinem Dad? Äh, ... der ist noch im Büro“, stottere ich schließlich wie automatisch. „Ja, klar um diese Zeit. Das dachte ich mir. Darf ich trotzdem reinkommen, Mascha? Ich will nämlich nicht zu ihm, sondern zu dir.“ Jetzt steht mir der Mund offen. Zu MIR will die Ria? Warum?? Höflich bitte ich sie herein und biete ihr erst mal was zu trinken an. In meinem Kopf arbeitet ein Mühlrad. Was will sie von mir?

„Eine Apfelschorle wäre genau richtig. Danke, Mascha.“ Die Ria lächelt ihr liebes Ria-Lächeln. „Ja, und du wirst dich fragen, worum es geht, richtig?“ Wir sitzen uns am Küchentisch gegenüber. Zwischen uns das Adventsgesteck mit der runden silbernen Kerze. Weil die Ria da lieber sitzen will als auf der Couch im Wohnzimmer. „Hmm!“ Ich nicke. „Das werden Sie mir ja jetzt sagen, oder?“

Sie schmunzelt. Schaut mir dabei in die Augen. Dann kommt sie sofort auf den Punkt. Sie hat sich nämlich so ihre Ria-Gedanken gemacht, weil die Mascha plötzlich gefehlt hat. Na ja, jeder darf mal krank werden. Aber als am Montag die angeblich wieder gesunde Mascha vor ihr stand, sah die nicht gerade aus wie das blühende Leben. Als säße dort eine Roboter-Puppe vor ihr anstelle der normalen Mascha, ist es der Ria vorgekommen. Womit sie absolut Recht hatte, denke ich, sage es aber mal lieber nicht laut.

Ein paar Tage hat sie ihre veränderte Schülerin beobachtet, hat die Kollegen befragt. Dann hat sie in der Pause mit Nele gesprochen. Die wusste von nix. Also hat sie bei Anneke nachgefragt. Die wusste erst recht von nix, aber das hat die Ria ihr einfach nicht abgenommen. Weil in Annekes Augen stand, dass sie was wusste. Am nächsten Tag hat sie die arme Anneke ausgequetscht wie eine überreife Zitrone.

Und bei diesem zweiten Anlauf hat die Zitrone sozusagen ihren sauren Saft liefern müssen.

Ich fühle eine unbändige Stinkwut in mir aufsteigen. „War ja zu erwarten von Plappermaul Anneke“, rutscht es mir raus. Verlegen sehe ich zu meiner Lehrerin hinüber. Sie scheint meine Riesen-Wut zu verstehen. Lächelt mir aufmunternd zu. „Nein, Mascha. Das sehe ich anders. Ich bin total froh, weil Anneke für ihre beste Freundin gesprochen hat, obwohl du es ihr streng verboten hast. Sogar Diskretion schwören musste sie, hat sie kleinlaut zugegeben. Bestimmt hat sie jetzt ein richtig schlechtes Gewissen deswegen, denn sogar Nele gegenüber hat sie absolut dicht gehalten, das darfst du mir glauben.“

Ja, und weil ich es allein nicht geschafft habe, mit einem

so brisanten Thema, - genau so nennt Ria es, - zu meinem Vater oder zu meiner Lehrerin zu gehen, ist sie jetzt hier. „Ich nehme an, du schämst dich, mit deinem Robbi darüber zu sprechen.“ Sie greift über den Tisch nach meiner Hand und drückt sie weich und beinahe zärtlich. „Vielleicht? Ich ... weiß nicht …“ Das Blut schießt mir bis in jede einzelne Haarspitze. Soll ich der Ria jetzt dankbar sein?

„Mascha, das ist kein Grund sich zu schämen. Euch jungen Mädchen kann so etwas Übles jeden Tag passieren. Überall. Keine von euch ist davor sicher. Und ein Mädchen wie du, das schon fast erwachsen aussieht, wird natürlich als eine Art `Freiwild´ angesehen von solchen widerlichen Mannsbildern.“ Mir läuft es eisigkalt über den Rücken.

War mir überhaupt bewusst, wie schlimm das hätte ausgehen können? Danke! Danke, mein Friedo, denke ich.

Fragend sehe ich die Ria an. „Soll mein Dad diese Mannsbilder anzeigen? Ich muss es ihm wohl endlich sagen, ja?“

„Ob er sie anzeigen wird, - Anzeige gegen Unbekannt wäre das, - soll er entscheiden. Auf jeden Fall muss er schleunigst Bescheid wissen. Natürlich wird er alle Hebel in Bewegung setzen, damit diese Kerle schnellstens geschnappt werden. Ich an seiner Stelle würde das jedenfalls sofort machen. Und als deine Lehrerin auch. Du hättest es ihm direkt am selben Tag noch sagen müssen, Mascha. Inzwischen ist leider zu viel kostbare Zeit verstrichen.“

Sie schnappt kurz nach Luft und fragt mich dann: „Du möchtest vielleicht, … Soll ich mit ihm sprechen?“

Tja, da hab ich mir anscheinend mein Eigentor geschossen. Warum habe ich mich nicht getraut, alles an dem Abend ausführlich zu berichten, statt es ganz simpel totzuschweigen wie die drei Affen. Wie naiv-dämlich kann man sein mit dreizehn? Wenn nun diese Kerle inzwischen längst weiter … Nicht auszudenken!

Ich kämpfe nur noch kurz mit mir. Bin ich etwa zu feige? „Nein, Frau Sauerwein. Ist besser, ich sag ihm das selber. Das wird er nämlich von mir erwarten.“

„Gut, Mascha. Ich sehe es genauso. Ich freue mich, weil du nicht kneifen willst. Bitte vergiss nicht, ihn herzlich von mir zu grüßen, deinen Robbi-Daddy. Er darf mich natürlich gerne jederzeit anrufen, denn ich vermute, er wird nach dem Schock jemanden zum Reden brauchen.“

Zum Abschied nimmt meine Lehrerin mich in ihre Ria-Arme, drückt mir einen schnellen Kuss mitten auf die Stirn und hält mich eine Weile fest. Das tut mir unheimlich gut alles zusammen. Nachdem die Ria gegangen ist, hocke ich mich auf mein Bett und fühle mich ein wenig getröstet.

Unser saurer Wein ist so was von spitzen-genial! Friedo wird staunen. Damit hat er sicher auch niemals gerechnet. Wird er mir helfen, die richtigen Worte zu finden bei dem für alle so wichtigen Gespräch heute Abend?

Mein ahnungsloser Vater fällt aus allen Wolken bei meiner Beichte. Seine Mundwinkel rutschen tief Richtung Kinn. Entsetzt und danach stinkwütend ist er. Erstens, logisch, auf diese miesen Verbrecher, denen er auf der Stelle den Hals umdrehen möchte. Zweitens auf seine schrecklich dumme Tochter, weil sie ihn nicht auf der Stelle informiert hat.

„Musste erst eure Ria herkommen, du albernes Ding? Zu deinem eigenen Vater hast du null Vertrauen, ja?“ Traurig lässt er die Schultern hängen. Mit allen zehn Fingerkuppen trommelt er auf die Tischplatte. Ohrfeigen könnte ich mich! Ins Hinterteil treten, mit doppeltem Anlauf!

„Ich … ich wollte nicht, dass du die Polizei einschalten

musst“, sage ich leise. „Mit Vertrauen hat das nix zu tun. Ehrlich.“ Ich mache mein zerknirschtes Mascha-Gesicht, - das wirkt bei ihm meistens. „Ich wusste doch genau, wie du reagierst. Zorniges Rumpelstilzchen nix dagegen.“

Er quält sich ein flüchtiges Krampflächeln ab. „Aha. Du denkst allen Ernstes, wir schlucken eine solche Sauerei einfach runter? Als wäre nichts gewesen? Die Polizei wird leider nur noch wenig unternehmen können in deinem Fall. Aber wissen müssen sie es dort trotzdem, um künftig extrem wachsam hier in der Gegend zu sein. Ihre Fußstreifen verstärken und vor allem da die Augen weit offen halten, wo ´s einsam und dunkel ist.“

Nach diesem wichtigen Gespräch macht mein Vater sich schnurstracks auf zum nächsten Revier. Ich bleibe jetzt besser zu Hause, meint er. Falls die Beamten mich ausfragen möchten, kann ich später immer noch eine Aussage machen. Warum habe ich vergessen, mir die Kontaktdaten meiner Retter Tim und Bea-Schatz geben zu lassen, will er wissen. Er muss sich unbedingt bei ihnen bedanken. Und ich doch bestimmt erst recht.

„Ach, weißt du …! So völlig durcheinander, wie ich war. Außerdem haben die beiden gar nix gesehen von den Typen, - bloß mich, wie ich mitten in Tims Arme gestürzt bin.“ Beim Gedanken daran läuft es mir noch einmal eiskalt über den Rücken. Wenn ich Robbi doch wenigstens von Friedos Hilfe erzählen könnte. Der arme Mann würde vollkommen verwirrt den Kopf schütteln über meine Fantasiegebilde. Ihm reicht es so schon, was er eben schwer zu verdauen hat. Obwohl ich nach der Schule oft Ausschau halte, von Bea und dem Kinderwagen mit Klein-Joris nullkommanull Spur. Die kleine Familie scheint wie vom Erdboden verschluckt zu sein.

Ich atme erleichtert auf, weil ich zunächst mal nicht persönlich vernommen werden soll. Vaters Anzeige genügt den Beamten. Weil es bei dem Überfall dunkel gewesen ist, könne ich wohl kaum zumindest einen der beiden auf einem Fahndungsfoto wiedererkennen. Sie versprechen, tatsächlich ab sofort mehr Streifenbeamte einzusetzen. Außerdem wird ein Team von Fachleuten in den Schulen wieder gezielt Seminare zum Thema `Sexualdelikte´ anbieten. Speziell zur Selbstverteidigung für Mädchen. Klingt verlockend, irgendwie. Mich wehren lernen, bedeutet das ja wohl. Soll ich mich drauf freuen? Friedo meint, das sei das einzig Richtige. „Zeigt diesen Typen, wer ihr seid! Lernt, wie man sie aufs Kreuz legt. Im Null-komma-nix. Lasst euch nichts gefallen. Von niemandem! Ihr seid doch stark und mutig, ihr heutigen Mädchen!“ Ich muss lachen über seinen Eifer. „Stimmt, mein Friedo! Schade, weil ich dich nicht mal fix umarmen kann. Ach, du bist einfach der Beste! Gleich nach Robbi?“

Er verbeugt sich geschmeichelt. „Das weiß ich doch, meine Mascha.“ Er schaut nach oben. „Seht Ihr, Heiliger Herr! Seid Ihr zufrieden mit eurem Friedo? ... Ja, danke, Herr! Halleluja!“

8. Kapitel: IST DA JEMAND EIFERSÜCHTIG?

„Für Samstagabend möchte ich vier Kollegen einladen“, eröffnet mein verdächtig strahlender Vater mir am Dienstag beim Abendessen. „Okay. Ich muss ja wohl nicht dabei hocken?“, frage ich. „Natürlich nicht. Nur falls du Lust hast, deinem alten Vater Gesellschaft zu leisten.“ Werde ich wohl eher nicht haben, überlege ich. „Ich habe mir gedacht, du hilfst mir, etwas Leckeres auf den festlichen Tisch zu zaubern, meine tolle Köchin. Geht das in Ordnung?“

Ich setze mein nettestes Geht-natürlich-in-Ordnung-Robbi-Grinsen auf. „Klaro, Chef! Ist gebongt! Aber wer hilft da wohl wem beim Zaubern? Also, was soll es Köstliches geben? Sind das anspruchsvolle Kollegen?“

„Bestimmt nicht. Ursprünglich wollten sie nur mal auf ein Gläschen Wein vorbeikommen, aber…“

„Tja, und da hast du dir gedacht, Vier-Gänge-Menü wäre was Feines“, lache ich, übermütig durch das Lob. Warum eigentlich nicht? Kochen mit Robbi macht immer Laune. Passiert ja nicht allzu oft. Kommt wohl kein Staatsbesuch? „Du bist unschlagbar bei Auflauf in jeder Form, meine süße Köchin“, schlägt er prompt vor. „Häääh?? Simpler Auflauf? Ist das Kollegen-perfekt genug?“, bezweifle ich.

„Und wie perfekt! Zum Nachtisch erfindest du aus Oma Annas eingefrorenen Beeren eine fantastische Mascha-Rote-Grütze. Dazu ihr unübertroffener Anna-Rumtopf mit Zitronensorbet und Sahnehäubchen?“ Er leckt sich über die Lippen. „Das Einkaufen übernimmt selbstverständlich der Chef des Hauses.“

Am Samstagabend duftet es verführerisch aus dem Backofen nach überbackenem Gouda-Käse. Die Rote Grütze á la Mascha wartet im Kühlschrank. Zusammen decken wir den Tisch. „Sieht richtig festlich bei uns aus, mein Schatz. Ganz lieb Danke! Tja, wir zwei, was?“ Wir klatschen uns ab. „Ich geh mir fix was anziehen.“ Er verschwindet eilig im Schlafzimmer. Ich brauche ein Sweatshirt, das nicht wie Küche müffelt. Zwanzig Minuten später erscheint mein Vater. Frisch geduscht, makellos rasiert, duftend nach seinem Lieblingsmännerparfüm. Wow! Und in Schale geschmissen hat er sich. Kaum zu glauben! Etwa doch Staatsbesuch?? „Siehst voll krass aus, alter Herr!“ Bewundernd kneife ich beide Augen zusammen, um dieses Bild von einem Vater kritisch von oben bis unten zu mustern.

Fast pünktlich, exakt um 19:12 Uhr, stehen die Kollegen vor der Tür. Es sind allerdings mehr Kolleginnen: Drei Frauen und nur ein Mann. Nach höflicher Begrüßung mit einem Aperitif im Stehen bittet Robbi-Gastgeber zu Tisch. So förmlich kenne ich ihn gar nicht. Mein Zauber-Auflauf und der bunte Salat kommen anscheinend gut an. Jedenfalls wird die Köchin überschwänglich gelobt.

Na, prima! Langsam steigt die anfangs noch leicht verkrampfte Stimmung. Mein strenger Vater erlaubt mir sogar ein Gläschen Wein, gespritzt natürlich. „Und wie wäre es mit was Süßem zum Nachtisch?“, fragt er in die Runde. „Auch wenn wir alle schon süß genug sind. Speziell natürlich unsere reizenden Damen.“

„Oh, ja! Das klingt verlockend. Man kann nie süß genug sein, oder? Was gibt es denn Köstliches?“ Die hübscheste der Damen smiled Robbi an mit einem bezaubernd aufgesetzten Lächeln und macht einen Kussmund. Den erwidert er prompt mit seinem unnachahmlich charmanten Grinsen. „Lasst euch einfach überraschen. Eine neue Kreation meiner wunderbaren Tochter." Er wirft mir eine übermütige Kusshand zu. Na, hallo, was ist denn in dich gefahren? Dieser Besuch wirkt ja Wunder! Ich verziehe die Mundwinkel.

Allerdings nach unten. Solche Blicke hin und her mag ich irgendwie nicht. Unsanft lande ich von meinem Höhenflug als laut gepriesene Köchin auf meinem harten Tochter-Stuhl. Angeber-Tusse, dämliche, murmele ich, während ich die hübsch garnierten Gläser mit der Roten Grütze aus dem Kühlschrank balanciere. Mit spitzen Fingern fische ich die Eispackung aus der Kühltruhe. Die fünffache Lobeshymne höre ich wie durch einen Schleier. Aus den Augenwinkeln peile ich von dieser rothaarigen Dorette, (Dieser Name passt wie angegossen!!) hin zu meinem wie ein Weihnachtsstern strahlenden Vater. Oh nein, ich täusche mich keineswegs. Meine eben noch Top-Laune sackt in den tiefsten Kohlenkeller wie ein Zentner Blei. Kaum habe ich den Tisch in der Essecke ab- und den Geschirrspüler eingeräumt, verabschiede ich mich, ganz artige Tochter, von meinem ach so charming Väterchen und seinen reizenden Gästen, die sich im Wohnzimmer prächtig amüsieren. Plötzliches starkes Kopfweh. Pech aber auch!

„Oh, Liebes!", zwitschert Dorette Rotschopf betont mitfühlend und zaubert ihr grelles XXXL-Zahnpasta-Werbe-Lächeln raus. „Brauchst du ein Aspirin?"

Oh, no! Vielen herzlichen Dank. Mein Bett reicht. Blöde Schnepfe! Ich gebe reihum höflich die rechte Pfote, wie es erwartet wird. Bäh, wie ätzend schlaff ist denn der Händedruck dieser aufgetakelten Tussi! Bloß so eine NIIIE!!!

Ich knirsche mit fest aufeinandergebissenen Zähnen. Nix wie weg aus deren voll ekligen Dior-Parfüm-Dunstkreis!

In meinem Mega-Frust muss ich mich bei Nele auskotzen. „Du, ich hab gerade null time. Ruf dich morgen früh an“, würgt sie mich ab. Anneke erreiche ich erst gar nicht. Nee, so was kann ich den beiden nicht auf WhatsApp schreiben. Mir ist reichlich nach Wut-Heulen, als Friedo sich meldet. Ich hole tief Luft und lasse meinen Groll an ihm aus: „Ach, Friedo! Mir reicht ´s bis obenhin! Diese aufgetakelte Tussi! Na gut, attraktiv ist sie halt mit den leuchtenden Blauaugen. Der naive Schmollmund passt perfekt zu ihren knallroten schulterlangen Locken. Aber für den lieben Robbi ist sie zu wunderschön. Mindestens zwei Nummern. Jede Wette. Und nur über meine Leiche! Das schwöre ich dir.“

Geduldig hört Friedo sich mein bissiges Mega-Genervte-Tochter-Gemecker an. Kein Kommentar. „Wo hat er bloß seinen guten Geschmack versteckt, he?“, motze ich weiter. „Kannst du dir das vorstellen, Friedo: Robbi und diese doofe Schicki-Micki-Ziege?“

Nein, das kann auch Friedo sich beim besten Schutzengelwillen auf keinen Fall vorstellen. Dabei zwinkert sein linkes Auge verdächtig und wenig engelmäßig. Nimmt er mich überhaupt ernst? „Gönne es deinem Vater doch ruhig mal! Nur ein netter kleiner Flirt. Unter hübschen Kollegen scheint das üblich zu sein. Vielleicht braucht er so was mal. Er ist eben auch nur ein ganz normaler und recht attraktiver Mann, weißt du?“, meint er endlich, nachdem ich mich genug und lautstark bei ihm ausgekotzt habe. „Er kann sich ja nicht bloß ständig in seiner vielen Arbeit vergraben.“

„Nee, das wohl nicht wirklich“, muss ich zugeben. Eine dicke Träne kullert über meine Nase. „Aber doch nicht mit so ´ner affigen Mode-Tusse. Kannst du da nicht irgendwas machen, Friedo? Bitte lass dir was Anti-Tussen-Schlaues einfallen. Du hast doch immer die schlauen Ideen."

„Oh weh! Ist da vielleicht jemand eifersüchtig? Ein ganz kleines bisschen?" Eifersüchtig? ICH??? Ist das alles, was Friedo dazu sagen will? Ich würge vergeblich herum am klumpendicken Kloß in meinem wie zugeschnürten Hals.

„Blödsinn dämlicher!", krächze ich zornig raus. „Trotzdem! Er hat doch mich. Seine Tochter! Denkt er denn gar nicht mehr an Mama?" Noch mehr Tränen kullern. Hallo, sofort Schluss damit! Was soll Friedo bloß von meiner übertrieben albernen Reaktion halten?

„Und wie er noch an sie denkt, leider kein bisschen eifersüchtige Tochter.", höre ich seine ungewohnt leise Stimme und sehe traurige Falten auf seiner Engelstirn. „Denkst du vielleicht mal darüber nach, ob ihm das ausreicht. Auf die Dauer, meine ich."

„Du glaubst, …?" Ich bin zutiefst empört. „Das … nee, bitte nicht!" Ich presse die Hände vor die Augen. „Lass mich schlafen, einfach nur schlafen, Friedo. Mir reicht ´s für heute. Bis Oberkante Unterlippe!"

„Gute Idee, Mascha. Schlaf eine Nacht drüber. Aber wir reden morgen darüber weiter. Bis dahin fällt uns beiden ganz sicher etwas Kluges ein." Damit verabschiedet sich mein Schutzengel. Ich bin hundemüde. An Schlaf ist trotzdem nicht zu denken. Immer ist da vor mir das albern-affektierte Dorette-Lächeln. Diese eindeutigen Blicke zwischen ihr und Robbi tanzen über die dunkle Zimmerdecke. Mensch, sie sind auch noch Kollegen! Jeden Tag stecken sie zusammen. Von frühmorgens bis gegen Abend. Upps! Kommt er deswegen so selten pünktlich heim? Nicht wie andere, also stinknormale Väter, das tun?

Plötzlich greift jemand nach meiner Hand und hält sie fest. „Dir geht es nicht gut, mein armes kleines Mädchen?"

„Oh, Mama, du liebste Mamsi!“ Ich kuschle mich an sie. „Wenn du das sehen könntest! Und der dumme Friedo sagt, ich bin eifersüchtig. Warum sollte ich? Doch nicht auf so ´ne dumme Zicke. Aber … dein Robbi … er kann dich doch nicht …“ Ich schniefe, verschlucke mich an meiner Spucke.

„Du musst ihm sein eigenes Leben gönnen, mein geliebtes Kind.“ Sanft spüre ich die Hand auf meinem Rücken. „So wie du irgendwann deinen eigenen Lebensweg gehen wirst. Bald lernst du auch jemanden kennen. Bitte glaube mir das, mein liebstes Maschakind.“

„Ach, Mami, warum ist immer alles so mega-bescheuert kompliziert?“ Meine Tränen kullern reichlich auf‘s Kissen.

„Nein, mein Schatz. Alles ist richtig, wie es ist. Bitte wehre dich nicht dagegen …!“ Fort ist sie. In Luft hat sie sich aufgelöst wie sonst Friedo. „Bleib hier, Mamsi! Bitte! Lass uns nicht allein!“ Ich greife ins Leere. Lange kann ich nicht einschlafen. Ich träume von Riesenmonstern, die nach mir grapschen. Von einer kichernden Gewitter-Hexen-Fratze mit wirren Feuerhaaren und langen, leuchtend roten Krallen. Irgendwie hat die Ähnlichkeit mit einer gewissen …

Äh, wie war noch gleich der beknackte Name von dieser widerlichen Dingsbums-Tussi?

9. Kapitel: BLEIB HIER, MASCHA!

Meine Augen sind reichlich verkrümelt am späten Sonntagmorgen, stellt mein leicht besorgter Vater fest. „Moin!“, brummle ich heiser. Durst habe ich für drei. Auf Grapefruitsaft pur. Danach ein großes Glas aus dem Wasserhahn. „Hallo, Lieblingstochter. Geht es deinem Kopf nicht besser heute?“ Er sieht kein bisschen zerfeiert aus, sondern einfach nur mordshappy. „Doch, doch. Hab bloß total den Mist zusammengeträumt und sauschlecht geschlafen. Bin noch müde. Ist doch heiliges Wochenende“, gähne ich ihn an.

„Schlaf ruhig ´ne Mütze voll weiter“, schlägt er vor. „Ich muss sowieso gleich an den Schreibtisch.“ Puh! Er hat nicht gesagt, er muss mal kurz weg. Oder auch etwas länger, vielleicht … Ich bemühe mich, ruhig und gleichmäßig durchzuatmen. „Waren die noch lange da?“, höre ich meine Krächz-Stimme. „Es geht. Haben wir dich gestört mit unserem Krach?“ Charming-Robbi versucht, den Zerknirschten zu machen, strahlt dabei wie zwei volle Putzeimer.

„Hab nix gehört. Bis später.“ Hastig trinke ich mein Glas leer, verziehe mich eilig. Schlafen? Jetzt noch? Ich greife nach dem Hörbuch, das Anneke mir geliehen hat. Ich tue mir Leid, - einfach nix als schrecklich Leid.

„Ach, du Mami! Ach, Friedo …“, brummle ich vor mich hin, immer und immer wieder. Warum bin ich ausgerechnet heute so durch den Wind? Das gibt einen bescheidenen Sonntag. Ich habe allerdings nicht mit meiner Freundin gerechnet. „Mascha? Bist du wach? Besuch für dich!“, höre ich Robbi an der Wohnungstür brüllen.

Nele schiebt sich in mein Zimmer. „Ey, Mascha. Biste

wieder krank etwa? Warum gehste nich dran?“ Sie stürzt sofort auf mein Bett zu. „Krank? Nee! Wieso? Alles roger! Ich mach ´nen Gammelsonntag. Einfach mal so.“ Ich quäle mir mein Fröhliche-Freundin-Grinsen ins Gesicht, reibe meine verquollenen Augendeckel, mache den CD-Player aus, beeile mich, unter die heiße Dusche und in warme Klamotten zu kommen. Nele will mich nur abholen. Anneke wartet bei sich zu Hause auf uns.

Zu dritt ist solch ein Gammel-Sonntag eine astreine Sache, stellen wir fest. Bin ich so froh, weil ich nicht länger im Bett vor mich hin grübeln darf. Später muss ich ausführlich erzählen vom harmonisch-lustigen Kollegenabend. Speziell von der mega-auffallend gestylten Mode-Tussi-Kollegin.

Verdattert sehen die beiden mich an. „Ja und? Warum darf dein Dad nicht mal bisschen Spaß haben? So klasse, wie der aussieht, will er ja nicht zum Einsiedler werden, oder was?“ „Nee, das nicht“, gebe ich zu. Wir reden uns die Köpfe heiß. Beinahe verplappere ich mich, kann gerade eben noch mein verräterisches `Friedo sieht das auch so …´ runterschlucken.

Tja, Leute, bin ich denn wirklich so antiquiert? Oder driften unsere momentanen Anschauungen hier wieder komplett auseinander? Gönne ich Robbi kein bisschen Vergnügen? Ich sollte unbedingt Klartext mit ihm reden. Ewig runterschlucken bringt uns beiden nullkommanull, schärfen sie mir ein, bis ich ihnen schließlich zustimmen muss. Allerdings immer noch widerwillig, gestehe ich mir ein.

Trotzdem ist es halt, wie es ist. Da muss ich Anneke Recht geben. Felsenfest nehme ich mir dieses wichtige Vater-Tochter-Gespräch vor, direkt nach dem Abendessen.

Nele bringt mich heim, da ist es längst dunkel. Ihr ältester

Bruder Janosch wartet schon vor meiner Haustür. Anscheinend als inzwischen dringend notwendiger Personenschutz fürs kleine hilflose Schwesterlein.

Mit einem Sieger-Gefühl öffne ich die Tür zum Arbeitszimmer. Robbi telefoniert. Genauer: Er skypt. Den Bildschirm kann ich hinter seinem breiten Rücken nicht erkennen. Doch was ich höre, lässt meinen guten Vorsatz zusammenfallen wie ein sorgfältig aufgebautes Kartenhaus. Hastig verziehe ich mich in mein Zimmer. Der Appetit ist mir gründlich vergangen. Ich will nur allein sein und nachher mit Friedo sprechen. Noch ist es dafür zu früh.

Ich hole mein Tagebuch aus der Schublade. „Mami, du! Gestern Nacht habe ich wohl geträumt, du bist hier gewesen, neben meinem Bett. Deine Hand hat sich voll echt angefühlt, weißt du. Das war sooo schön, Mami! Warum kannst du nicht ganz oft kommen? Du, stell dir vor, dein Robbi hatte Besuch. Und ich durfte kochen …“

Inzwischen sprudeln die Sätze aus meinem Kopf, mitten hinein in die leeren Seiten. Mein Herz ist übervoll wie ewig nicht. Dieses `Sprechen´ mit meiner Mutter ist wie eine Art Dampfablassen. Ich muss gar nicht nachdenken, schreibe einfach drauf los. Mein Bleistift ist frisch gespitzt und hat es mächtig eilig. Kaum komme ich mit Denken hinterher. Auf Fehler kommt ´s ja hier nicht an. Die würde Mami gar nicht merken. Auch meine peinliche Mascha-Krakel-Schrift ist mir piep-egal. Die geht nicht mal meinen kritischen Schutzengel was an.

Die Anna-Oma würde sich wundern und stolz auf mich sein, wenn sie die vielen vollen Seiten zum Lesen bekäme. Ich habe von Anfang an alles durchnummeriert. Heute bin ich auf Seite 34 angekommen. Logisch, meine Stinkwut auf Dorette-Tusse kann ich nur bei Mama loswerden. Endlich atme ich auf. Erleichtert lege ich den Stift zur Seite. Was wird Friedo zur Meinung von Nele und Anneke sagen?

Wo ist der nur? Nach der unruhigen letzten Nacht schlafe ich plötzlich tief und fest, als mein Schutzengel endlich nach mir schaut. „Träume was besonders Beruhigendes, meine arme Mascha!“, flüstert er dicht an meinem linken Ohr und zupft die verrutsche Bettdecke zurecht. Ein freier Abend hat auch für einen eifrigen Schutzengel was Gutes.

Am Mittwoch, mitten in der großen Pause, ruft mich die Frau Sauerwein: „Kommst du mal bitte, Mascha?“ Fragend sehen die vier Freundinnen mich an. „Null Ahnung!“ Ich kriege sofort ein mulmiges Schlechtes-Gewissen-Gefühl im Bauch. Was sie wohl denken, was die Ria von mir will?

Wir sitzen nebeneinander auf einem der vorderen Tische. Behutsam greift Ria nach meiner Hand. „Muss ich mir schon wieder Sorgen um dich machen, Mascha?“

Ich schüttle stumm den Kopf. Was geht meine Lehrerin Vaters Kollegenflirt und meine grenzenlose Wut darüber an? Ich überlege krampfhaft, was ich ihr antworten soll.

„Mascha?“, sagt die Ria nur, guckt mir in die Augen und weiter bis mitten ins Herz. Das reicht, um den Staudamm einzureißen. Ohne Punkt und Komma sprudelt es aus mir heraus. Wie von selbst scheinen die Worte hineinzufließen in das voll konzentrierte Ria-Gesicht mir gegenüber.

Sie hört einfach zu. Schweigend und ohne eine Miene zu verziehen. Nur über ihrer Nase bildet sich eine steile Falte. Endlich hole ich tief Luft. Erschrocken halte ich mir die Hand vor den Mund. „Tut … mir echt leid, Frau Sauerwein. Das … ich wollte das eigentlich nicht …“

„Aber es musste sein. Das weißt du. Sei froh, wenn du es los bist.“ Sie legt den Arm um meine Schultern. „Danke, weil du so offen mit mir redest.“ Ich kann ihr nicht in die Augen gucken. Was muss die arme Frau von mir denken? Sie ist doch nicht mein Seelen-Frust-Mülleimer. Trotzdem, es hat mir gewaltig geholfen, ihr alles erzählen zu dürfen. Brühwarm sozusagen. Peinlich nur, weil mir anscheinend buchstäblich der Kragen geplatzt ist. So stinkesauer hat noch keiner die normal eher viel zu ruhige und allzeit beherrschte Mascha erlebt, oder? Höchstens diese miesen Typen im dunklen Park.

„Und was hast du jetzt vor? Willst du diese bildhübsche Kollegin verprügeln, bis sie ihre bunt lackierten Fingernägel von deinem hilflosen Vater lässt? Oder was?“ Ich muss bei dem Gedanken plötzlich loskichern. „Oh ja, voll Bock hätte ich schon drauf“, gebe ich zu. „Und den dusseligen Robbi am besten gleich mit bei so viel Dummheit!“

„Oh weh! Auf der Schiene kenne ich dich ja noch gar nicht, Mascha.“ Schmunzelnd drückt die Ria meinen Arm. Ohne nachzudenken, platze ich nochmal heraus: „Könnten Sie … nicht mal … äh, … ein ernstes Wörtchen mit ihm reden? Jede Wette, auf Sie hört er wenigstens.“

„ICH? Wie kommst du ausgerechnet auf mich, Mascha?“

„Och, das … das weiß ich halt einfach. Mein Bauchgefühl und so.“

„Hm …“ Die Sauerwein legt ihre Stirn in mehrere steile Lehrer-Nachdenkfalten. „Deinem Bauchgefühl und so will ich gerne glauben. Aber was genau soll ich ihm sagen!“

„Na, zum Beispiel: He, Finger weg von allen aufgetakelten Tussen-Kolleginnen, Robbi! Die sind nämlich absolut gar nix für dich. Für die bist du nämlich deutlich zu schade!“, schlage ich vor. Die Ria lacht schallend. „Klasse! Und du filmst dabei sein herrlich dummes Gesicht, liebe Tochter. Dein Robbi-Vater wird mir einen riesengroßen

Piepvogel zeigen und mich splitternackt mitten in die Wüste jagen. - Außerdem, sei ehrlich, mich geht sein Liebesleben wirklich nicht einen müden Cent an. Auch nicht als deine Lehrerin, oder wie siehst du das?“

Bilde ich mir diesen plötzlich traurigen Schimmer in ihren ausdrucksvollen braunen Augen nur ein? Fuck! Ich kann nicht anders: Aufspringen und sie wütend anknurren: „Dann eben nicht. Vergessen Sie ´s einfach!“, ist alles, was mir ins Gehirn schießt. Ich renne zur Tür.

„Bleib hier, Mascha!“

Ich fühle den Händedruck auf meinen Schultern, werde langsam herumgedreht. „Ist das jetzt deine Lösung? Komm, setz dich bitte noch mal hin. Lass uns Klartext reden.“

Bockig hocke ich mich auf die Tischkante, starre düster vor mich hin. „Gut, mein Mädchen“, höre ich da die eindringliche Ria-Stimme. „Ich werde mit ihm reden. Denkst du vielleicht, ich lasse dich im Stich? Gerade jetzt?“

Ich drehe den Kopf, schaue sie bewundernd an. „Danke!“ Ich schlucke. Erleichtert? Sie ist nicht sauer? „Ob ich jedoch den richtigen Ton treffen werde, kann ich dir jetzt und hier nicht versprechen. Jedenfalls gebe ich mir die allergrößte Mühe. Und das zumindest kann ich dir fest versprechen!“

Wir verabreden uns für den Nachmittag. Noch einmal in Ruhe einen Plan machen, schlägt die Ria vor, weil die Pause zu Ende ist. Die Lehrerin wird zur Schülerin kommen. Ganz offizieller Hausbesuch. Unendlich dankbar lächle ich ihr zu. „Passt Ihnen 17 Uhr?“ Sie ist auf die Minute pünktlich.

Ich habe eine Kanne grünen Matcha-Tee vorbereitet und die Adventskekse hingestellt. „Darf ich uns die Kerze anzünden?“, fragt die Ria. „Klar doch. Ich habe es gerne schön gemütlich.“

Ich hole die Streichhölzer. Langsam kann ich mich direkt etwas entspannen, während ich ihr abwartend gegenübersitze. Eine wohltuende Ruhe löst meine bis eben belastende Nervosität. „Schön habt ihr zwei es hier.“ Die Ria schaut sich ungeniert um. „Eigentlich schade, weil du keine Geschwister hast, oder?“ Ich überlege, ob ich das auch schade finden soll. „Mir reicht mein Vater“, seufze ich. „Der ist anstrengender als ein ganzer Sack voller Geschwister.“

„Obwohl er so selten Zeit hat für seine Tochter?“ Sie guckt mir prüfend in die Augen.

„Genau darum“, meine ich trocken. „Und wenn er mal welche hat, gibt er sich Wahnsinnsmühe, den Super-Daddy rauszukehren.“

Die Ria schmunzelt leicht. „Verrate mir bitte mal, Mascha, warum er dann eine neue Frau brauchen soll. Darum machst du dir ja Sorgen, stimmt ´s?“

„Er braucht halt keine. Und ich schon überhaupt nicht“, platze ich raus. „Aha! Aber du denkst, er lässt sich von einer besonders tollen Ausgabe einfangen, wie man so schön sagt? Möglichst eine, von der ihn Welten trennen, wie es so treffend heißt.“ Kleinlaut gebe ich zu: „Null Ahnung, was ich denken soll. Ich kann halt schlecht in ihn reingucken.“

„Das genau ist dein Hauptproblem, liebe Mascha.“ Die Kerzenflamme spiegelt sich in den hellbraunen Augen, aus denen ein beruhigendes Selbstvertrauen herausstrahlt. Mein Riesen-Problem scheint zu schrumpfen mit jedem Schluck vom heißen Tee mit den süßen Kandisklümpchen. Wir sind mitten in unserem Gespräch, da höre ich den Schlüssel in der Haustür. „Er kommt!“ Schwupps ist die

Anspannung wieder da, schlimmer als vorher.

Natürlich wundert Robbi sich zunächst mal über unsere unerwartete Besucherin. Wieso fragt er nicht nach dem Grund? Spürt er, was in der Luft dieser gemütlichen Teestunde liegt? Schnell tauscht er den Arbeitsmief gegen ein bequemes Sweatshirt und möchte seinen dampfendheißen Kandisklümpchen-Tee. Vor allem meine köstlich duftenden Zimt-Kekse, frisch gebacken von den drei Orgelpfeifen, wie er ungewöhnlich vergnügt betont.

Dann quatscht er drauflos, als wäre sein bester Freund zu Besuch statt der Frau Sauerwein. Schon ist da eine ähnlich lockere Stimmung wie an meinem Geburtstag. Die Ria ziert sich kein bisschen, als sie zum Abendessen bleiben soll. Zu dritt bringen wir schnell was Leckeres auf den Tisch. Bald nach dem Essen erkläre ich - (ernsthaft, wohl einigermaßen glaubwürdig?), - meine Matheaufgaben wären leider noch nicht ganz fertig. Tja, dumm gelaufen gerade jetzt, Robbi. Ich kann euch doch alleine lassen?

„Ich muss dann auch los“, sagt die Ria sofort, denkt allerdings nicht dran aufzustehen. „Tja, also bis morgen, Frau Sauerwein. Und danke, weil Sie extra hergekommen sind.“

Verstohlen blinzle ich ihr zu. Sie nickt unmerklich.

„Ja, schlaf gut, Mascha! Und dir auch vielen Dank für den gemütlichen Nachmittag.“ Sie blinzelt zurück. Während ich in mein Tagebuch schreibe, horche ich angestrengt Richtung Hausflur. Erst nach endlosen fast zwei Stunden wird es draußen abschiedsmäßig laut.

„Danke, Ria! Danke, Friedo! Danke, Mamsi!“ Ich falte die Hände. Licht aus, Decke über die Ohren. Erst morgen werde ich von der Ria erfahren, was die beiden eben beredet haben. Als leise die Türklinke heruntergedrückt wird, atme ich tief und gleichmäßig. Vor Anstrengung platzt mir fast der Kopf. Endlich geht die Tür ebenso leise wieder zu.

„Ja, hallo! Bist du denn gar nicht neugierig, Mascha?“ Friedo erscheint neben meinem Kopfkissen. „Und wie!“, gebe ich zu. „Aber ich schlafe doch schon ganz fest. Merkst du das nicht?“ Wir reden noch eine ganze Weile, bis meine Augen von alleine zuklappen. In dieser Nacht träume ich seit langem mal nur dummes Zeug durcheinander, das beim Aufwachen sofort verschwunden ist. Nix von Mama und ihrem Robbi. Auch nix von blöden Tussis. Erst recht nix von Ria. Schade. Von der hätte ich zu gerne was geträumt.

In der Schule lächeln wir uns aus den Augenwinkeln an. Irgendwie beinahe kameradschaftlich? Doch unseren gemeinsamen Abend behalten wir für uns, ohne dass wir es ausgemacht hätten. Nicht mal Nele und Anneke müssen davon wissen. Vorläufig jedenfalls geht es nicht mal meine beiden Orgelpfeifen was an. Auch allerbeste Freundinnen sollten besser nicht alles mitkriegen.

10. Kapitel: FRAU SAUERWEIN? – WIESO??

Abends warte ich vergeblich auf den Kommentar zum Besuch von unserem `sauren Wein´. Mein Vater wirkt ziemlich geschafft und gähnt herzhaft, während ich die Salatschüssel auf den Tisch stelle. „War das ein Tag!“, schnauft er. „Heute werde ich wohl nicht mehr alt.“ Dann fällt ihm noch ein: „War bei dir alles im grünen Bereich, mein Mädchen?“

Ich nicke. „Geht so.“

„Probleme?“ Er zieht die Augenbrauen hoch. „Nöö. Nix Besonderes. Bin auch müde.“ Eine Weile kauen wir nur schweigend, während ich mit mir kämpfe. Endlich gebe ich mir einen Ruck. „War noch was Wichtiges gestern Abend?“, quetsche ich raus, den Mund voll Möhrensalat.

„Gestern? Ach so!“ Er kramt in seinem Gedächtnis. „Nicht dass ich wüsste. Nur noch so allgemein“, nuschelt er, ohne mich anzugucken. „Aha! Soso!“, grunze ich und greife nach meinem Saftbecher. Für meinen Vater scheint ein Besuch der Lehrerin völlig normal gewesen zu sein. Na, warte, du Schlitzohr! Aha und soso! Für fast zwei Stunden war das nur allgemein, ärgere ich mich, während ich die Spülmaschine einräume. Dann eben heute nicht. Ich kann gerne warten, teures Väterchen. Warten ist nämlich sowieso eine meiner absoluten Lieblingsbeschäftigungen! Mein Gute-Nacht-Kuss fällt eher kühl aus. „Ich geh dann mal. - Schlaf gut!“

„Du auch, Süße!“ Gähnend greift er nach der Zeitung, schaut mir nicht lächelnd hinterher wie sonst.

„Glaubst du, er ist stinkig, weil die Ria ihm die Meinung gegeigt hat?“, empfange ich meinen Schutzengel. Ich bin kein bisschen müde. Nur wütend? Nee, wütend eher nicht. Tief enttäuscht bin ich. „Männer!“, knurre ich Friedo an. „Oh, jemine, was ist dir denn heute quer gekommen?“

Strafend sieht er mich an. „Ist etwa dein Vater der Grund für deinen unübersehbaren Ärger? Klärst du mich bitte auf?“

„Bingo!“ Ich funkle ihn an. „So ein verflixter Holzkopf! Soll er doch machen, was er will! Bin ich sein Babysitter? He, sag doch was, Friedo!“ Er faltet rasch die Hände.

„Oh, jemine!“, flüstert er wieder statt einer Antwort. Als ich ihn am Anfang mal gefragt habe, was das bedeuten soll, hat er mir erklärt: „Das ist lateinisch, Mascha, und bedeutet: \`Herr Jesus´. Abgekürzt für \`Oh, Jesu Domine´.“

„Also das \`Je´ vom Jesus und das \`mine´ ohne \`Do´“, habe ich probiert, und Friedo hat sich gefreut, weil ich das richtig kombinieren konnte. Bisher hat er es nicht allzu oft sagen müssen. Es rutscht ihm immer bloß dann raus, wenn ich mich daneben benehme. Nach seiner Schutzengel-Meinung.

„Sorry, Friedo! Ich weiß, so redet man nicht mit seinem Lieblings-Schutzengel. Ich bin halt von eben echt genervt. So kindisch hat er sich noch nie aufgeführt, mein alberner Vater.“

„Ihr zwei klugen Weibsbilder habt anscheinend seinen Nerv getroffen. Und zwar genau da, wo es ihm weh tut. Wie bei Zahnschmerzen?“, überlegt Friedo. „Wie meinst du das? Welchen Nerv? Das raffe ich nicht“, gebe ich zu.

„Das musst du auch nicht. Schlaf mal eine Nacht drüber und lass dir morgen von deiner Lehrerin erzählen, was die beiden gestern noch alles über dich besprochen haben.“

„Wie bitte? Ich soll die Ria fragen? Das ist jetzt nicht dein Ernst! Nee, Friedo, das kannst du dir schön abschminken!“ „Sie wird von selber mit dir reden. Warte es nur ab. Gute Nacht, Mascha. Es ist höchste Zeit zum Einschlafen.“

Der warme Hauch lässt meine Augen zufallen.

Am Anfang der zweiten Pause drücke ich mich in der Klasse herum, bis alle anderen verschwunden sind. Frau Sauerwein winkt mich zu sich. „Na, Mascha, habt ihr miteinander geredet, dein Vater und du?“ - „Geredet? Nein, kein einziges Wort“, grolle ich. „Nanu? Und warum nicht? Er hat es mir fest versprochen.“ Forschend schaut sie mir in die Augen. „So ein mieser Feigling!“, knurre ich sie an.

„Oh, nein. Das ist er bestimmt nicht, Mascha. Ich glaube, er ist momentan reichlich durcheinander“, meint die Ria sachlich. „Häh? Wieso das denn?“ Ich knete meine Hände.

„Weil … na ja, du machst es ihm auch nicht gerade leicht, meine Liebe.“ - „Ach nee! ICH?? Was mache ich denn? Kein einziges Sterbenswörtchen habe ich zu ihm gesagt.“

„Leider! Gerade das ist es ja. Aber ein kluger Vater versteht, was in seiner Tochter vorgeht. Auch ohne Worte.“ Ihre Stimme ist ungewohnt leise und sanft.

„Nö! Meiner nicht.“ Ich kämpfe gegen die Wut-Tränen an. Komme mir reichlich dämlich vor … und irgendwie hilflos?

„Ich dachte, du kennst ihn besser, Mascha.“ Jetzt sieht auch die Ria unsicher und resigniert aus.

Wieso kommt Robbi heute Abend früher heim als sonst?

„Hallo, Mascha! Bist du da? Ich habe uns Besuch mitgebracht“, schallt es durch den Flur. Ich zucke zusammen. Hallo? Besuch?? Bitte nicht! Bloß nicht die schöne Dorette! „Frau … Sauerwein?“ Mir steht der Mund offen. „Sie?“ Mein Magen krampft sich automatisch zusammen.

Die Ria lächelt mir zu. Aber da ist etwas in ihrem Blick,

das ich nicht kenne. Unsicher gucke ich zu meinem Vater. „Muss ich das jetzt kapieren, oder was?“, japse ich.

„Komm mal her, meine Süße!“ Er streckt die langen Arme nach mir aus. „Ich fürchte, wir müssen beide was kapieren. Sagt jedenfalls diese schlaue Frau.“ Er grinst der Ria zu. Fröhlich? Oder eher verlegen? Was geht hier eigentlich ab?

Wir sitzen am Küchentisch, trinken Kräutertee, knabbern die Keksdose leer und reden. Reden tut zunächst mein Vater. Stumm höre ich ihm zu, und die Ria kommt mir vor wie der `Schiri´ in diesem Vater-Tochter-Match. In meinem Kopf tobt Windstärke 7 bis 8. Es fällt mir schwer, mich auf Vaters `Rede an sein Volk´ zu konzentrieren. Nur so viel kommt bei mir an: Die beiden Erwachsenen möchten versuchen, meine Probleme mit mir gemeinsam in den Griff zu kriegen. Endlich scheint er fertig zu sein. Ich verkneife mir mein `Amen, Herr Pfarrer!´ Wegen der Ria. Was soll die denken von mir? Ist sowieso schon peinlich genug das Ganze. Finde ich jedenfalls. Robbi und die Sauerwein scheinen es selbstverständlich zu finden, wie wir hier zu dritt unser gemütliches Teestündchen halten. Naja, wohl eher durchziehen, denke ich und grinse stillschweigend in mich rein.

Naja, warum eigentlich nicht? Langsam entspannt sich mein Magen in dieser gerade neugeborenen Dreierrunde. Obwohl mir immer noch schleierhaft ist, warum wohl meine Lehrerin heute ein zweites Mal dabei sein muss.

Als mir plötzlich diese bekannte Stall-Laterne aufgeht, schnappe ich mühsam nach Luft. Mein Robbi-Vater greift nämlich mit beiden Händen nach allen zehn Lehrerinnen-Fingern, zieht sie nahe an sein Gesicht und … (Oh, nein, das träume ich jetzt nicht!) … küsst diese zehn Finger der

Reihe nach. Ganz zärtlich küsst er sie. Und die Ria? Die lässt ihn küssen und strahlt ihn an. Strahlt wie das berühmte Honigkuchenpferd.

„Äh, … das … ist jetzt …?“ Ich gucke verdattert in die zwei leuchtenden Gesichter. Welcher witzige Comic-Film läuft hier gerade ab? Vor Überraschung fehlen mir die Worte. Warum funktioniert mein Gehirn nicht normal? „Euer … Ernst?“, ist alles, was ich mit einiger Mühe noch rauskriege und mir fassungslos an die Stirn fasse.

„Wonach sieht ´s denn aus?“ Robbi grinst breit wie der Vollmond. „Was meinst du, Mascha? Spuck ´s ruhig aus!“

„Ähm, … ja, also …“ Ich probiere einen halbwegs vernünftigen Satz, muss schlucken, schnaufen, kichern, lachen, … nein, laut losprusten. Laufe knallrot an, kann mich kaum beruhigen. Verdutzt gucken die beiden meinem Lachkoller zu. Lassen sich anstecken, bis wir drei uns die Bäuche halten. So frei und leicht habe ich mich ewig nicht gefühlt. Als würde das Lachen alles wegschwemmen, was mir schwer auf der Seele gelegen hat. Ich krümme mich buchstäblich vor Lachen. Das hier fühlt sich an wie … oh, ja, wie haargenau der richtige Familien-Film!

Endlich wischt Vati sich die Lachtränen aus den Augen. „Du hast wirklich geglaubt, die Dorette und ich?“, japst er.

„Naja, wieso nicht?“, gebe ich zu. Ich kenne meinen Vater tatsächlich längst nicht so gut, wie ich immer geglaubt habe.

„Seit wann?“, muss ich wissen. „Tja, seit wann eigentlich, liebste Frau Ricarda?“ Robbi zwinkert der Ria listig zu.

„Oh, willst du die exakte Uhrzeit wissen, liebster Herr Robbi-Vater?“, lacht die Ria. „Also aus meiner Sicht war es gegen 17:15 Uhr, als wir unser Elterngespräch beendeten und ich feststellte, wie ungern ich dich gehen ließ."

„Ach ja? Und ich hatte die allergrößte Mühe, mich loszureißen aus unserem angeregten Gespräch", schmunzelt er. Ich grinse frech-fröhlich: „Beachtliches Tempo! Mal gerade eine Stunde. Perfektes Timing! Meinen Glückwunsch!"

Ich drücke zuerst meinen Vater kräftig. Und danach meine Lehrerin, - pardon, die Ricarda. Vati zieht mich auf sein rechtes Knie. „Jetzt fragst du dich natürlich, wie das hier weitergehen soll, Tochter, stimmt´s?" Huppsi und Nanu! Wollen die zwei jetzt meinen Große-Tochter-Segen?

„Nö, frag ich mich kein bisschen. Ihr seid doch beide schon groß. Das entscheidet mal ihr fein ohne mich. Hauptsache, ich soll in der Schule nicht Ricarda zu dir sagen, du liebe Frau Sauerwein."

Die Ria denkt kurz nach. „Hm ... Bescheid wissen dürfen deine Mitschüler aber trotzdem?" Auch ich muss erstmal nachdenken. „Hm! Ja, wieso nicht? Ist ja kein Geheimnis, oder?" Robbi zieht die Ria auf sein linkes Knie. „Oh, doch! Ein besonders süßes sogar." Liebevoll drückt er seine zwei Mädchen an sich.

„Wir sind beide sehr stolz auf dich, Mascha", sagt er mir später, als ich im Schlafanzug noch fix `Gute Nacht, ihr zwei!´ rufen will. Mein Herz macht ein paar kleine Freudenhüpfer. „Na, dann!" Ich stehe ein bisschen verlegen da, denn das hat er schon lange und so deutlich nicht mehr zu mir gesagt. Wie mir das unter die Haut geht! „Schlaft beide schön. Also dann, bis morgen, du Frau Sauerwein." Wir zwinkern uns zu. „Und … ja, einfach DANKE! Ich freu mich mächtig! Für uns alle drei natürlich!"

„Wie plötzlich die Welt wieder in Ordnung sein kann!", sage ich später zu Friedo. „Das glaubst du gar nicht."

Mit gefalteten Händen schaut Friedo mich an. „Soso. Und

wie gerne ich das glauben will! Ich habe nämlich lange genug dafür gebetet, du lieber kleiner Mascha-Trotzkopf."
„Ach so. DU hattest deine Finger mit im Spiel."

Jetzt wird mir alles sonnenklar. „Ach, du bist ein Schatz, Friedo. Nee, ein Genie bist du! Buff! Er und unser saurer Wein! Das ist echt zum Totlachen! - Du, aber wieso sind die beiden eigentlich stolz auf mich?"

Friedo muss nachdenken. „Vielleicht, - ja, weil du den Mut hattest, mit deiner Lehrerin offen zu reden? Und weil du einverstanden bist mit seiner neuer Flamme, wie man so schön sagt." Ich kichere glücklich: „Mit der musst du einfach einverstanden sein, Friedo. Die ist echt voll der Hammer, unser heißgeliebter, na ja, unser hochverehrter SAURER WEIN."

„Oh, Danke! Danke, Heiliger Herr!" Friedo seufzt tief. „Wofür diesmal?", frage ich neugierig. „Weil du cndlich zur Vernunft gekommen bist, meine Liebe", seufzt Friedo noch tiefer und anscheinend fast so glücklich wie ich.

In dieser Nacht schlafe ich murmeltierfest wie ewig nicht. Mama sagt mir, wie froh sie ist, weil es ihrem Mädchen endlich wieder gut geht. „Und du findest sie okay Robbis neue Liebe?", frage ich. „Wenn sie auch für dich okay ist, dann ist sie okay, meine Mascha." Schon verschwindet sie, - nur das `Okay´ klingt in meinem Ohr nach wie ein zärtlicher warmer Sommer-Windhauch.

Am Anfang der Deutschstunde geht die Ria an meinen Tisch. „Wir, die Mascha und ich, haben eine Neuigkeit für euch." Erwartungsvolle Ruhe. „Das darf ich doch so sagen, Mascha?" Ich nicke. Ein komisches kleines Gluckern ist in meinem Bauch. Freude? Aber auch ein mulmiges Gefühl? Was werden die anderen sagen?

Die sagen bloß: „Wow! Krass! Cool! Echt stark! Genial!"

„Jede Menge Glückwünsche, Ria!", tönt es laut von hinten. Unser Klassen-Clown Adrian fängt fröhlich an zu klatschen. Schon gibt es richtigen Applaus. Standing Ovations!

„Danke, Adrian!" Die Ria lacht vergnügt. „Ich danke euch allen. Wir werden das auch noch richtig zusammen feiern, wie sich ´s gehört. Versprochen."

„Yeah! Mit Sekt!", freut sich Nele und dreht sich zu mir um. „Hey, und du? Wie findest DU das?"

Mein Kopf glüht. So easy habe ich mir das nicht vorgestellt. „Tja, ähm, … einfach, wie gesagt, genial und kolossal, würde ich sagen." Nele, Anneke, Farah und Jamala springen gleichzeitig auf und müssen mich mal fix umarmen. „Siehste, ab jetzt kannste ganz offiziell RIA zu ihr sagen", meint Anneke und sieht die Ria fragend an. Und die nickt lachend. „Ganz wie du willst, Mascha." Garantiert ist sie nicht weniger erleichtert als ich, weil keiner an dieser ungewöhnlichen und völlig unerwarteten Situation rumblödelt.

Im Gegenteil! „Unsere ruhige, zurückhaltende Mascha sammelt jede Menge Extra-Pluspunkte", deklamiert Nele nachmittags, als wir zu fünft in Annekes Küche Plätzchen backen. Jamala und Farah dürfen auch dabei sein, und sie genießen das mit leuchtenden Augen. Wie das duftet!

Ich schnuppere und fühle mich echt super. Was wohl Friedo sagen wird? Wenn ich den anderen doch von meinem Schutzengel erzählen könnte!

Ach ja, und an Mama muss ich heute dringend weiterschreiben. Sie und Friedo müssen sich keine Sorgen mehr machen um ihre gestern noch tieftraurige Mascha. Denn für die ist ab sofort die Ria mit zuständig.

11. Kapitel: GUTAUSSEHENDER FREUND? – ICH?

Friedo freut sich - logisch - mit mir: „Habe ich es dir nicht gesagt, Mascha? Ab heute ist also Schluss mit Problemen?“ Ich hole tief Luft. „Wäre das toll! Ich könnte allerbestens ohne welche leben. Du, Friedo, kleiner werde ich wegen der Ria aber auch nicht.“

„Sagt irgendwer, dass du das sollst?“ Friedo klingt liebevoll, aber verwundert. „Dir wäre es anscheinend lieber, du wärst 1,55 Meter klein, ja? Und alle anderen würden auf dich Zwerglein hinunterschauen?“

Ich protestiere: „Ach, so ´n Quatsch! Nee, das wäre kein bisschen besser. Ich muss mit meiner Mascha-Länge leben, das weiß ich selber. Müsste mich ja eigentlich dran gewöhnt haben.“ - „Ja, das müsstest du“, meint Friedo nur sachlich.

Der kann schlau daherreden! Ihn nennt halt keiner `Mascha Bohnenstange, Langbein, lange Latte´ und so ´nen Mist.

Die Ria ist zum Glück nicht deutlich kleiner als ich. Neben dem 1,90-Meter-Robbi würde das ulkig aussehen, wenn sie ihm mal gerade bis zur Schulter reicht. Mein Irgendwann-Mal-Freund muss mindestens so groß sein wie ich.

Na ja, damit habe ich noch einige Jährchen Zeit, meint auch Friedo. „Stimmt. Ich habe ja dich, mein Friedo. Du bist mein allerallerbester Freund, weil du mich kennst wie sonst niemand.“ Mein Schutzengel lächelt geschmeichelt.

„Du … du bleibst doch bei mir, Friedo? Oder?“

„Warum sollte ich das nicht tun?“, fragt er verwundert.

„Wegen … der Ria? Die ist vielleicht bald so was wie

meine neue Mutter?“ Friedo wird ernst: „Bin ich etwa deine Mutter? Nein, Mascha, die werde ich niemals sein dürfen. Ein Engel als Mutter! Darüber lachen die anderen Engel sich da oben scheckig und kaputt.“ Ich atme zweimal tief durch. „Darf ich der Ria von dir erzählen, Friedo? Sie würde mir garantiert glauben.“ Doch Friedo findet das keine gute Idee.

„Später sicher mal, Mascha. Wenn du mich irgendwann nicht mehr brauchen wirst.“

„Ich brauche dich immer, Friedo. Auch wenn ich irgendwann uralt bin, sechzig oder siebzig oder so. Das merk du dir mal gut. Du bist mein Schutzengel auf ewig, oder?“

„Ich vergesse es nie, liebe Mascha. Auch nicht, wenn du achtzig bist. Dir helfe ich nämlich besonders gerne. Aber das weißt du ja selber.“ Nachdenklich sehe ich ihn an.

„Hattest du früher schon eine andere Mascha? Bevor ich auf die Welt gekommen bin, meine ich.“

„Oh, allerdings“, erinnert sich Friedo. „Oh jemine! Das war ein schwerer Fall, kann ich dir sagen. Dagegen bist du die reinste Erholung, meine Liebe.“ Er berichtet von dem Jungen, auf den er viele Jahre aufpassen musste. Bis aus dem wilden kleinen Burschen Anton, dem kein Baum zu hoch, kein Fahrrad zu schnell und kein Berg zu steil war, endlich ein ruhiger alter Mann im Rollstuhl geworden war.

In dieser Nacht träume ich prompt von so einem kleinen Bruder. Anton will er von mir genannt werden. Ich soll aufpassen, dass er nicht ständig irgendwelchen Unfug anstellt. Frech wird er und macht meistens das krasse Gegenteil, der unverschämte kleine Rotzlöffel. Warum kommt denn seine Mutter nicht und passt selber auf Anton auf? Bin erleichtert, als ich aufwache, nassgeschwitzt unter der warmen Decke. Von einem frechen Mini-Anton-Bruder keine Spur.

Friedo amüsiert sich, als ich ihm abends diesen dämlichen Traum erzähle. „Nanu? So sehr hat meine Erzählung dich beeindruckt? Du machst dir doch nicht etwa Sorgen wegen kleiner Geschwister?“ Ich überlege nur kurz. „Vielleicht? Nee, Winzlinge brauche ich nicht. Robbi auch nicht, oder? Und die Ria schon mal überhaupt nicht. In der Schule hat sie reichlich von so zappeligen Nervensägen.“

Friedo nickt schmunzelnd. „Jaja, für so kleines Gemüse taugst du nicht, Mascha. Such dir lieber langsam mal einen sympathischen, gutaussehenden und liebenswerten Freund.“

Empört tippe ich mir gegen die Stirn. „Gutaussehender Freund? Ich? Spinnst du total? Was soll ich jetzt schon mit irgend ´nem Kerl? Dafür habe ich null Zeit. Weißt du doch.“

Ja, das sieht Friedo natürlich ein. Wenn ich Robbi und die Ria nicht völlig enttäuschen will, dann muss ich mich in den kommenden Jahren volles Rohr auf meine Schulnoten konzentrieren. Die werden nie voll der Brüller sein. Aber mein Abitur muss ich schaffen, egal wie. Unbedingt! Und Punkt! Notfalls auch gerne mit Ria-Nachhilfe. Was sollen Mama und Friedo sonst von mir denken?

Für ´ne Beziehung habe ich sowieso in den nächsten zehn Jahren null Zeit. Interessiert mich auch noch kein winziges bisschen. Typisch Friedo Dummschwätzer-Engel!

(Uppsi, kann eigentlich ein Schutzengel auch jeden Läster-Gedanken lesen? Bitte nicht!)

Außerdem müsste einer, dem die lange Mascha gefallen würde, erst noch knusprig gebacken werden. Und ob ICH ausgerechnet DEN dann will? Ach, liebe Mascha, hast du Probleme! Ich schlafe jetzt wohl besser erstmal ´ne lange

Runde, statt mir über noch un-gebackene Kerle den Kopf zu zerbrechen. „Gute Nacht, lieber Friedo! Dann bis morgen!"

„Schlaf gut, Mascha. Und träum vom heißen Backofen."

(Noch zweimal Uppsi! Das ist mir aber jetzt voll peinlich, mein armer Friedo. Sooo sorry! War natürlich nicht ernst gemeint eben, der Dummschwätzer.)

12. Kapitel: MIT FEUEREIFER DABEI!

Inzwischen ist das Friedo-Gespräch schon einige Wochen her. Ich gebe mir jede Menge Mühe, mit meinen Schwachstellen in Deutsch klar zu kommen. Immer wieder hat meine Lehrerin Grund, mich zu loben, - und mein Vater erst recht. Ria macht das allerdings niemals vor der Klasse. Schon aus Prinzip nicht, sagt sie. Keine Extrawürste für die Tochter vom neuen Mann, ist ihre Devise. Das sehe ich auch so. Ich bin doch nicht plötzlich was Besonderes wegen der Ria. Höchstens für Nele und Anneke. Die beiden sind manchmal kaum zum Aushalten neugierig.

Naja, allerdings haben allerbeste Freundinnen ein gewisses Neugier-Recht, nimmt Friedo sie in Schutz, falls ich mich bei ihm darüber beschwere. Egal! Was ich nicht verraten will, erfahren die zwei sowieso nicht, egal, wie nervig sie dauerbohren. Dichthalten konnte ich schon, da war ich noch im Kindergarten. Bei Klein-Mascha wussten meine Eltern jedes Geheimnis sicher aufgehoben.

Gleich nach den Weihnachtsferien bringt die Sekretärin uns mitten in der Deutschstunde eine Elternmitteilung.

„Ah, vielen Dank! Das ging ja ausnahmsweise erfreulich schnell“, freut sich die Ria und zeigt uns auf einem großen Poster, worum es geht: Der Kurs zur Selbstverteidigung wird bereits in der nächsten Woche starten.

Fast die ganze Stunde sprechen wir über das Thema. Alle Mädchen wollen sich anmelden. Ob denn Farah und Jamala dabei mitmachen dürfen? Gerade für diese beiden orientalischen Schönheiten wäre das mega-wichtig. Ich werde das mit Ria besprechen. Wird sie mit den Eltern reden?

Ein separater Kurs soll demnächst auch für Jungen angeboten werden. „Ja, grinst ihr ruhig, ihr extrastarken Muskelmänner“, meint unsere Lehrerin. „Euch kann es auch nicht schaden, wenn ihr wisst, wie ihr jeden Angreifer gezielt aufs Kreuz legen könnt, bevor er das mit euch macht.“

Jedenfalls an unserer Schule lohnen sich beide Kurse, wie wir später erfahren. Und wir Mädchen sind bei sämtlichen Übungen mit Feuereifer dabei. Zum Glück dürfen das auch Jamala und Farah, die besonders eifrig mitmachen.

„Wehe, jetzt will noch jemand was von mir!“, prahlt Emily bei der Abschlussrunde. „Ich fühle mich stark wie Tarzan.“

Ja, es ist ein unglaublich gutes Gefühl, nicht mehr wehrlos durch die Gegend spazieren zu müssen, - da sind wir uns alle einig. Hoffentlich kommt trotzdem keiner mal so plötzlich in meine Mascha-Lage, sagt Anneke vor allen und greift nach meiner Hand. Und ich stehe einfach locker neben ihr, erwidere dankbar ihren Händedruck und werde keine Spur rötlich. Na also! Weiter so, Mascha, denke ich. Geht doch!

Ein paar Tage vor dem Faschingswochenende sagt Ria beim Abendessen: „Stell dir vor, es gibt was Neues, Mascha.“ Für mich? Was meint sie damit? Ich will zuerst die weniger gute Nachricht hören: Die Leute, um die es geht, sind momentan leider verreist. Zur Familie ihrer Tochter.

„Mach ´s nicht spannender als spannend, Ria-Schatz!“ Robbi ist jetzt auch neugierig. Was sind das für Leute? Und wo wohnen sie? „Ziemlich in unserer Nähe.“ Die Ria grinst verschmitzt. „Und wenn sie genug Fasching gefeiert haben mit ihren Kindern, werden wir sie besuchen.“

Das soll die gute Nachricht sein? „Wozu das denn?“

Ich raffe absolut null. Mein Vater nicht viel mehr.

„Weil sie uns die Adresse geben werden von ihrer Tochter, die seit zwei Jahren nicht mehr in unserer Stadt lebt, sondern in Dortmund. So, jetzt dürft ihr die Namen dieser jungen Überraschungs-Leute mal hübsch raten."

Ich stehe mitten auf der Leitung, mit beiden Füßen.

Ria hilft mir: „Erinnerst du dich an ein Bübchen, etwas über ein Jahr alt, das Joris heißt?" Joris?? Fehlanzeige.

Da scheint Friedo mir ins Ohr zu flüstern: „Oh, nein, keine Fehlanzeige! Wach auf, Mascha!" Dann das große Klicken. Joris?? Hieß so nicht dieser kleine Hosenmatz, der nach seinem Abendfläschchen jammerte? Damals, vor gefühlt ´ner halben Ewigkeit, im dunklen November-Park.

„Du meinst … TIM? Und seinen BEA-Schatz?"

Ria schmunzelt erleichtert: „Hundertfünfzig Extrapunkte, Mascha!" Sie berichtet, wie sie rein zufällig durch Bekannte auf Beas Eltern in unserer Nähe gestoßen ist.

„Das ist allerdings ein tolles Ding, Schatz!", lobt Robbi. „Mindestens zweihundert Extrapunkte, Frau Detektivin Sauerwein. Endlich können wir uns bei deinen couragierten Rettern gebührend bedanken, Tochter."

Schon bald ist ein Päckchen unterwegs in den Gradingerweg nach Dortmund. In der Babyabteilung von unserem größten Kaufhaus haben Ria und ich einen kuschelig-bunten Schlafsack gefunden. Dazu einen schmusigen weißen Schlafhasen. Zusammen haben wir auch meinen Dankesgruß formuliert und vom Selbstverteidigungskurs an unserer Schule berichtet. Ich fühle mich, als wäre mir ein mittelschwerer Felsen geplumpst und freue mich riesig über einen richtig langen Antwort-Brief aus Dortmund. (Nicht bloß ´ne kurze Mail!) Samt fröhlichem Foto meiner tapferen Retter.

13. Kapitel: WALDSCHULE? - WIR??

Am Aschermittwoch verteilt Ria die Einladungen zum nächsten Elternabend. Es geht in erster Linie um unsere Klassenfahrt, verrät sie uns augenzwinkernd.

„Wohin?“, fragt Selina sofort. Und alle schreien los: „Wo fahren wir hin, Ria?“ Ich weiß das zwar längst, habe natürlich kein Sterbenswörtchen verraten. „Also gut! Weil ihr das seid. Ich habe die erste Juniwoche in der Waldschule für uns reserviert. Bereits im Herbst musste ich diesen Termin vormerken lassen. Jetzt brauchen sie dort die Bestätigung.“

Erstaunte Gesichter. Allgemeines Gemurmel. Ungläubiges Kopfschütteln. „WALDSCHULE? … Was macht man da so? - Sind wir dafür nicht bisschen zu alt? - So was macht mein Bruder in der Vierten. - Sind wir etwa Milchbabys? - Muss das sein? Mitten in die Pampa? Da ist doch jede Wette der Hund begraben.“ Unsicher, mit großen fragenden Augen schauen Ali, Farah und Jamala sich um. Ich lächle den Freundinnen zu. „Diese Spinner müsst ihr nicht kapieren.“

„Ach so? Ihr habt null Bock auf Wald? Verstehe ich das richtig? Na, prima! Dann sammle ich meine Einladungen halt gleich mal wieder ein.“ Dabei grinst die Ria wie ein Lausbub. „Aber vielleicht haben ja eure Eltern Lust, mit mir dorthin zu fahren. Jedenfalls fanden sie diese Idee perfekt beim Elternabend im September.“

„Echt? So ewig wissen die das schon? Warum erfahren wir das erst jetzt?“ Vitus tippt sich an die Stirn. Emily, unsere Klassensprecherin, dreht sich zu uns um. „Geht´s noch? Ihr habt doch den totalen Lattenschuss, ihr durchgeknallten Vollpfosten! Waldschule ist voll der Hammer!

Auch noch für uns Große." Der lange Luis, ihr Co-Klassensprecher, setzt noch dran: „Punkt, ihr hirnamputierten Schnarchnasen! Basta!" Gibt ja auch nix weiter zu sagen.

„Danke, ihr beiden! Ist das eben bei allen angekommen?" Unsere Lehrerin atmet deutlich auf. „Wollt ihr euch vielleicht gnädiger Weise erst mal anhören, welches Programm uns erwartet in dieser Milchbaby-Waldschule? Und wo die eigentlich auf der Karte zu finden ist? Anschließend darf weitermeckern, wer es nötig hat." Ich grinse in mich rein. Weiß ja längst Bescheid, musste aber hoch und heilig schwören, mich auf gar keinen Fall zu verplappern.

Vor allem nicht, dass in derselben Woche eine andere siebte Klasse dort sein wird. Deren Klassenlehrer ist ein guter Freund von der Ria, und einer seiner Schüler ihr Patenjunge. Ria hat sogar extra ein Foto dieser anderen Klasse für uns ausgedruckt, um uns neugierig zu machen.

Und genau das werden wir! Keiner hat es nötig, nach dem Programm-Bericht weiter zu meckern. Zwar funkeln nicht alle Augen gleichermaßen begeistert, doch der Funke scheint bei den meisten übergesprungen zu sein.

Ehrlich gesagt weiß ich nicht so richtig, ob ich mich freuen soll. Bei der Klassenfahrt in der sechsten Klasse hatte ich schlimmes Heimweh. Aber nicht mal bei Nele habe ich mich deswegen ausgeheult. Nee, - eher hätte ich mir die Zunge abgebissen. War danach glücklich, wieder im eigenen Bett zu schlafen! Nach einer viel zu langen Woche ohne meinen Vater. Wie das wohl diesmal wird, weil ja die Ria dabei ist? Denn Friedo kann ich wohl schlecht bitten mitzukommen. In die Schule hat er sich jedenfalls noch niemals getraut.

„Nein, Mascha. Solcher Trubel ist zu schlimm für einen

lärmempfindlichen Schutzengel“, meint er als Entschuldigung. Und die muss ich allerdings anerkennen. Diskussion überflüssig!

14. Kapitel: MAMAS GLÜCKSSTERN

Den Fahrstuhl nehme ich nur in besonders eiligen Fällen. Oder falls ich viel rauf zu schleppen habe. Normal ist Joggen angesagt bis hoch in den fünften Stock. Und natürlich runter. Stolz bin ich, weil ich meistens kurz nach dem Fahrstuhl bei der Haustür ankomme. Fitness-Studio? Nö, für mich nicht! Robbi macht mein Training gerne mit, nur nicht nach einem zu heftigen Tag im Büro. Obwohl - da täte es ihm doch extra gut als Ablenkung vom Arbeitsstress. Das versteh ich nie.

Heute, an diesem eklig düsteren April-April-Regentag, kauere ich mich in einer Ecke vom Fahrstuhl auf den Boden. Wie ein mickriges Jammer-Elend-Häufchen.

Gestern war so einer von diesen verflixten Tagen, wo man besser gleich morgens zurückkriecht unter die noch schlafwarme Bettdecke. Warum kann man aufziehende Katastrophen nicht schon in aller Herrgottsfrühe vorausahnen und einfach liegenbleiben? Irgendwie geht alles schief, bis man die Welt bloß noch ätzend hoch dreihundert findet.

Am schlimmsten ist es beim Basketballtraining. Anfangs läuft alles wie immer. Ich bin ziemlich gut drauf. Da, - wie ein Blitz aus heiterem Himmel, - schießt es plötzlich als ein Stechen in meinen Bauch. Irgendwo weit unten. Mir wird schwindelig. Ich stolpere, lasse den Ball fallen. Presse beide Hände dahin, wo der Schmerz sitzt, zerrt und pocht, als wolle er meinen Unterleib in Stücke reißen. Schon hockt Nele neben mir. Ich spüre ihren Arm auf meiner Schulter. Unser Sportlehrer, der Herr Benninger, beugt sich zu mir.

Er führt mich zur Reservebank. Dort ist es aus mit meiner Beherrschung. Ich wimmere wie ein verletztes Tier.

„Mascha! Hallo! Was hast du?“ Ratlos stehen die anderen

Mädchen vor mir. Ich fühle eine warme, weiche Hand auf meinem Kopf. Durch den Tränenschleier erkenne ich die Ria. Leise spricht sie mich an und lässt sich kurz schildern, was mich so quält.

Sie sitzt neben mir, nimmt meine Hände, - und dann sagt sie nur, dicht an meinem Ohr: „Das muss deine erste Periode sein, Mascha. Kein Grund zur Aufregung."

Ich bringe vor Entsetzen kein Wort heraus. Lasse mich langsam und vorsichtig von ihr in den Krankenraum neben dem Lehrerzimmer führen und dort behutsam auf die Liege betten.

Ich fühle mich hundeelend wie niemals im Leben. Am Baldriantee nippe ich bloß. Ich lausche Rias leiser Stimme, werde bald ruhiger, bis das Rumoren und Ziehen da unten erträglicher wird. Mein fürchterlich erschrockener Vater kommt extra angehetzt, um sein armes Sorgenkind eilig nach Hause zu fahren.

„Ungewöhnlich heftig beim ersten Mal ... Pubertät … durchaus normal mit dreizehn …", höre ich die Ria zu ihm sagen. Seine warme, dunkle Stimme macht mir Mut. Ich kuschle mich auf die Rückbank, will nur noch endlich aus diesem Alptraum wieder erwachen.

Mehrere Stunden verschlafe ich in meinem Bett, an dem Nele geduldig sitzt, als ich die Augen mühsam aufkriege. Sie nimmt die Kopfhörer von ihrem iPod aus den Ohren. „Na, du? Geht ´s dir besser, Mascha?" - „Weiß nicht. Bin einfach schlapp", murmele ich. Das Stechen ist zu einem dumpfen Schmerz geworden, immer mal kurz unterbrochen von gelegentlichem Ziehen und Kneifen. „Danke, weil du da bist." Für Nele das Stichwort, mich darüber aufzuklären, wie beschissen ihre sechzehnjährige Schwester Valerie sich alle vier Wochen fühlt, sobald ihre Tage sich ankündigen. Ein echter Trost! Wahrhaftig! „Und du kannst eigentlich nix dagegen machen, sagt sie. Wie doof ist das, Frau zu werden, schimpft sie dann jedes Mal.“ Nele fasst nach meiner Hand und streichelt sie. „Jede Wette, bei mir geht der Scheiß auch demnächst los. Jungs haben´s gut. Also mal ehrlich: Lieber würde ich mich jeden zweiten Tag rasieren oder irgendwann mit ´nem witzigen Vollbart rumlaufen!“

Auch heute ist Nele gleich nach dem Unterricht bei mir. Anneke schickt eine SMS: „Beeile mich. Beiß deine Mascha-Zähne zusammen! See you!“

Ich simse retour: „Oh, don ´t hurry. Ich lebe noch!!!“

Ria hat mir dringend geraten, mit einer Wärmflasche im Bett zu bleiben. „Morgen bist du wieder fit, denke ich. Ruh dich einfach mal aus, Mascha. Die überraschend einsetzende erste Regel ist bei den meisten jungen Frauen die unangenehmste.“ Sie hält mir ein kleines Päckchen hin. Dämlich-naiv frage ich: „Wozu?“ Ach so, Monatsbinden. Keine Tampons? Anfangs sind Binden besser, erklärt sie mir.

Ach, Scheiße! Warum gerade ich? Bin doch noch viel zu jung und unreif, will ich mich auflehnen gegen mein böses, nee, gegen mein bösartiges Schicksal.

„Nein, Mascha, das passt schon“, beruhigt sie mich.

Ich bin gefühlt im denkbar falschesten Film, und das rutscht mir wohl reichlich zornig raus. Sie verbeißt sich anscheinend mühsam ihr Ria-Lachen, beugt sich zu mir und haucht mir ein Küsschen auf die Stirn. „Alle schaffen das. Du sowieso, unser starkes Mädchen.“

(Na, dann! Wenn du das so siehst, liebste Lehrerin.)

Ich fühle mich jedenfalls beschissen hoch ´ne Million.

Ob das allen jungen Mädchen auf der ganzen Welt so geht?

Na ja, vielen zumindest am Anfang, tröstet sie mich liebevoll und kuschelt mich in die Wolldecke ein.

„Es ist so was von fies und unfair“, wimmere ich und presse beide Hände dahin, wo es gerade wieder so hundsgemein kneift und rumort.

Ich will nicht! Ich will nicht!! Ich will das einfach nicht! Mir ist nach aus der Haut fahren.

„Keine von euch will das. Es gehört nun mal dazu“, rückt Friedo mir abends den Kopf zurecht, als er mich Jammerbündel um diese frühe Zeit schon im Bett findet, neben dem Tablett mit dem unangerührten Abendbrot. „Hungerstreik?“ Besorgt wackelt sein Kopf. „Du stellst dich doch sonst nicht so an, meine große, heute plötzlich zimperliche Mascha.“

„Du … du Engel hast ja null Ahnung“, brumme ich ihn an. „Oho! Engel haben von allem eine Ahnung“, weist er mich streng zurecht. „Sei du lieber froh und dankbar, weil dein Körper gesund und normal reagiert.“

„Ja-ja-ja und trallallala, Klugscheißer!“, grolle ich.

„Oh! Sorry! Ich mein ´s nicht so, Friedo. Bin halt ziemlich durch den Wind nach diesem saudoofen Tag. Du hast ja Recht wie immer, mein kluger Engel. Aber hab du mal plötzlich so massive Bauchprobleme! Ohne Vorwarnung. Einfach mal so. Aus heiterem Himmel.“

Ich drücke die Wärmflasche auf meinen rebellischen Unterleib. Auch daran muss ich mich gewöhnen. Ist ja nur ein Mal pro Monat. Trotzdem - ich bin gerne ein Mädchen. Ich als Junge? Nee, das könnte ich mir eher nicht vorstellen. „Alle Frauen haben das bisher immer wieder überstanden. Du wirst dich schnell daran gewöhnen, Mascha.“

„Neeee, ganz bestimmt nicht“, stöhne ich. „Ganz bestimmt doch!“, behauptet er. „Woher weißt Du das? Bist du etwa kein Mann? Kriegst du vielleicht jeden Monat deine verdammten Tage?“ Er schmunzelt: „Als Engel weiß ich eben einfach alles, meine Liebe! Du darfst mir ruhig glauben.“

Na, fein, dann glaube ich ihm halt. Aber sehr, sehr ungern. Notgedrungen sozusagen. Freiwillig? Nee, niemals!

Zum Glück will Nele mir ihr funkelnagelneues, hübsch buntes Apple-iPod bis morgen dalassen. Dreifach-Wow! Anti-Langweile, verspricht sie. „Musik hilft tausendpro, vor allem bei Bauchweh.“ Ausgerechnet heute hat Ria noch eine längere wichtige Konferenz, und auch Vati kann erst spät da sein. „Künstler-Pech!“, meint Anneke. „Können wir dich, du armes Würstchen, hilflos und allein zurücklassen?“

„Könnt ihr“, sage ich betont munter mit einem Blick aufs iPod, schaffe sogar ein schiefes Grinsen, obwohl ich jetzt alles andere als hilflos und allein sein mag.

„Okay, dann machen wir uns mal vom Acker, bevor es dunkel wird“, meint Nele. Mir ist gerade noch nach einer Nase voll Sauerstoff. Ich fahre also mit Nele und Anneke im Fahrstuhl nach unten. Brauche kurz Bewegung und frische Luft, muss meinen Kopf frei kriegen. In diesem Kopf saust immer noch ein schlimmer Wirbelsturm, der drückt mir die Zimmerdecke drauf wie ein Zentnergewicht.

Als ich ein paar Minuten später ungewöhnlich langsam die fünf Treppen hochsteige an diesem Aprilabend, will ich nicht mutterseelenallein in der leeren Wohnung hocken.

Der Regen hat aufgehört. Letzte Sonnenstrahlen wagen sich durch die grauen Wolken. Langsam steige ich weiter, die wenigen Stufen hoch zum Dachgarten. Hier oben war das Lieblingsplätzchen meiner Mutter. Den Sommer über verbrachte sie viel Zeit in ihrem gemütlichen Eckchen unter der hellgelben Sonnenmarkise. Zwischen großen weißen Blumenkübeln mit all den leuchtenden Blüten, die jetzt ich gewissenhaft - in Mamas Auftrag? - gießen und regelmäßig düngen darf.

Bei passendem Wetter mache ich meine Hausaufgaben am liebsten ungestört hier oben.

Wenn ich nicht schlafen kann, schleiche ich mitten in der Nacht herauf. In der Hängematte komme ich zur Ruhe, die ich im Bett nicht finde. Ich begrüße den Mond. Schaue aus nach Flugzeuglichtern. Auch nach Sternbildern. Manchmal entdecke ich einen Satelliten auf seiner Umlaufbahn. Selten erkenne ich nahe der Milchstraße eine eilige Sternschnuppe, - nicht immer rechtzeitig, um mir was zu wünschen. In der dunklen frischen Luft leistet Friedo mir gerne Gesellschaft. Zum Reden haben wir beide meistens keine Lust in diesem kleinen Paradies unterm Sternenhimmel.

„Genieße und schweige, Mascha!“, meint er dann nur. Nicht selten wache ich in der Hängematte auf, sobald der Himmel morgenhell wird. In Mamis weicher Kuscheldecke friere ich nie. In lauen Nächten hat Mama öfter hier geschlafen. Von ihr weiß ich auch die Namen der wichtigsten Sternbilder. Das winzige Sternlein in der Deichsel des `Großen Wagen´ ist ihr ganz persönlicher Glücksstern. `Das Reiterlein´ hat sie den Winzling liebevoll genannt. Heißt er so?

Friedo ist überzeugt: Von dort winkt meine Mutter ihrer Mascha jeden Abend zu. Wie gerne will ich ihm glauben. Ein wunderschönes Gefühl ist es, ihr zurückzuwinken und mit ihr zu reden.

Wir drei Orgelpfeifen lieben diesen Dachgarten hoch über der Stadt seit der fünften Klasse. Wo es sich ungestört schwatzen lässt und das Eis mit Mascha-Spezial-Obstsalat schon irgendwie nach Sommerferienhitze schmeckt. Außerdem hat man hier oben das bessere Netz als in der Wohnung, haben wir festgestellt. Kichernd surfen wir zusammen im Internet. Ich lasse mich anstecken von meinen fröhlichen Orgelpfeifen, wenn sie etwas Witziges entdecken.

Heute ist es frühlingskühl. Ein leichter Wind lässt mich frösteln in der Regenjacke. Es wird noch zeitig dämmrig Ende April. Über den Hochhäusern steigt bereits der Mond herauf, nur als schmale Sichel. Zunehmend? Ja, rechts herum. Ich lehne mich an das hohe Geländer. Vorsichtig, und auf keinen Fall drüber gucken! Wegen meiner Höhenangst. Von weit unten ahne ich den Feierabendverkehr.

Ach, könnte ich jetzt fliegen … Ich breite die Arme aus. Einfach losfliegen. Sämtliche doofen Bauchwehprobleme, den ganzen Alltagsmist, alle meine Mascha-Sorgen, die Sehnsucht nach Mama hinter mir lassen und wegfliegen. Bis weit, weit hinauf zu ihrem Glücksstern vielleicht? Wie soll das wohl gehen, sich null Sorgen machen?, grüble ich. Die kannst du nicht mal einfach wegdrücken. Weil sie irgendwann trotzdem - schwuppdiwupp - wieder da sind. Im Kopf, im Magen und ganz besonders mitten drin, da wo das Herz schlägt. Mir ist, als wäre ich plötzlich auch hier oben mutterseelenallein auf der Welt. Als einziger Mensch sozusagen. Als könnte ich für alle Ewigkeit so stehen bleiben. Ich atme tief durch, immer wieder. Fühle dankbar, wie ich allmählich ruhiger werde. Liegt das an der Höhenluft?

Wie habe ich zu Friedo noch vor kurzem gesagt? Schluss ist mit Problemen? Selten so gelacht! Alles Schimmelkäse! Anscheinend fangen gerade mal wieder jede Menge neue an. Tief in meinen trüben Gedanken schaue ich übers Geländer, mache die Arme breit. Warum darf ich nicht fliegen?

„So etwas darfst du nicht einmal im Traum denken, Mascha!“ Erschrocken und verwirrt drehe ich mich um zu der Stimme. „Ria?“, krächze ich. „Wo bist du?“

Niemand ist zu sehen. Schon gar keine Ria. „Friedo?“ Ich flüstere, obwohl ja keiner da ist, der das hören kann.

„Wer denn wohl sonst? Du denkst wohl nur noch an deine tolle Ria? Und jetzt Abmarsch nach unten mit dir! Oder willst du zum Eiszapfen werden in dieser feuchten Aprilabendkälte, du verrücktes Ding?“ Das helle Schimmern schwebt mir voraus durch die graue Abenddämmerung.

Ich höre Friedo vor sich hin grummeln. Verstehe bloß Wortfetzen wie `motzig … Trauerkloß … spinnt … Halleluja … Trallala …´

„Ich komme schon, Friedo!“, rufe ich hastig, habe es plötzlich eilig, in der warmen Küche zu sein. Heißer Holundertee verscheucht trübe Gedanken. Vergeblich suche ich nach Friedo, will mich bei ihm bedanken. Als Robbi und Ria heimkommen, bin ich auf der Couch eingedöst, beim laufenden Spielfilm. Ich habe nicht mal Abendbrotappetit und lasse mich wie ein kleines Pipi-Mädchen gähnend von den beiden ins Bett bringen. Bevor mir die Augen zufallen, murmle ich noch: „Gute Nacht, Mamsi und Friedo!“ und blinzle hinauf zum winzigen Reiterlein. Die überraschten Blicke von Robbi und Ria sehe ich nur verschwommen.

Als sie mich einige Tage später fragt, wer denn eigentlich dieser Friedo ist, zögere ich nur einen kurzen Moment. Und tatsächlich, die Ria glaubt mir meinen Friedo. Einfach so, wie ganz selbstverständlich. Sie hat nämlich selber so eine Art Engel, zu dem sie heimlich sprechen kann, wenn es was zu besprechen gibt. Und dem sie voller Zuversicht dankt, immer dann, wenn es etwas zu danken gibt.

Am nächsten Morgen sieht die Welt schon leicht besser aus. Stell dich mal bloß nicht so an!, mache ich mir Mut. Auch du wirst das überleben. Genau wie alle Millionen der anderen Mädchen vor dir und nach dir da durch mussten und ewig wieder durch müssen. Danke, Friedo! Danke, Ria!

15. Kapitel: ALLES SUPER! DANKE, RIA!

Die Ria hat uns nicht zu viel versprochen. Diese Waldschule hat was! Trotz absolutem Verbot von Handy, Smartphone, iPod u. Co. Auf dem gesamten Gelände. Ein paar von unseren Jungs motzen zuerst mächtig rum deswegen. Sind wir in Bambushütten mitten im Urwald? So was Mittelalterliches nennt sich Klassenfahrt?? Und was ist mit dieser fremden Klasse? Sind die genauso antiquiert in ihrer Dorfschule?

Haben die da überhaupt schon WLAN … Bla-bla-bla …

Ach nee, die Aussicht auf Fußball gegen deren Truppe wirkt anscheinend Wunder. Auch wenn wir das letzte Stück zu dieser Waldschule zu Fuß gehen müssen. Mit unseren schweren Taschen kein Vergnügen auf dem schmalen Pfad. Mitten im Wald liegt diese Schule. Das größere Haupthaus in der Mitte, und drum herum schmiegen sich schmucke kleine Holzhäuschen an den Rand der Lichtung. Die SchlafUrwald-Hütten sind das, lästert unsere Lehrerin.

„Sieht das große Haus nicht genau aus wie ein Hexenhaus?“, höre ich Anneke fragen. Ich stutze überrascht. Aber hallo! Das Haus kenne ich! Das alte, an manchen Stellen verwitterte dunkelbraune Holz. Diese grün gestrichenen Fensterläden. Das weit vorstehende Dach über dem großen Balkon ...

„Hier wohnt bestimmt ′ne gute Hexe“, sagt Nele gerade. „Eine Kräuterhexe. Mitten im Wald. Die kann Zaubertränke mixen, wetten?“ Ich muss dreimal heftig schlucken.

„Auch einen Liebestrank? Hihi!“, tönt Emily hinter mir. Ich mache nur kurz die Augen zu. Mein Hexenhaus aus dem Traum? Wie kommt das ausgerechnet hierher? Und war da nicht eine Bank, da saß ein Junge drauf? Ich fasse es nicht, als ich diese Bank neben dem Haus entdecke. Aber ohne den Jungen. Sein seltsamer Name fällt mir leider nicht mehr ein. Ach, Friedo, warum kann ich dich jetzt nicht fragen? Du könntest mir vielleicht die Antwort geben!

Vor unserem ersten gemeinsamen Mittagessen stellt die Ria uns den Kollegen vor: Leopold Richter. Wir dürfen ihn Leo nennen, wie seine Schüler alle. Ein dufter Typ scheint der zu sein. Geschätzt mittelalt. Eher nicht das, was man unter `attraktiv´ versteht. Dafür mit einer positiv-lässigen Ausstrahlung und faszinierenden hellgrauen Strahleaugen. Rotblonde Kurzhaare, dazu passender Oberlippenbart.

„Der Leo hat was Mitreißendes“, hat Ria mir schon zu Hause vorgeschwärmt. Stimmt hundertpro! So ein cooler Typ wie Ria selber. Ich bin seit Tagen mega-gespannt auf die Woche mit diesem Leopold-Leo und seiner Klasse, die wir nur vom Foto kennen.

Ria winkt einen Jungen und ein Mädchen zu sich, die sich irgendwie ähnlich sehen. Beide sind auffallend groß und schlaksig. Haben leicht rötliche, fast gleich lange Locken, hellgraue Strahleaugen und Sommersprossen-Stupsnasen. Ria nimmt zuerst das Mädchen, danach den Jungen in die Arme. Überraschte Gesichter, - na ja, bis auf meins natürlich. Bin ja schon vorgewarnt.

„Das ist mein Patensohn, der Leander.“ Stolz, beinahe zärtlich strahlt die Tante Ria ihn an. Dieser Leander tippt dem Mädchen mitten auf die Sommersprossenstupsnase. „Und mein Zwilling. Die vielgeliebte Mareike.“

„Das sieht ´n Blinder!“, ruft der lange Luis begeistert. Und damit ist alles klar an den Klassenfronten. Vor allem für mich, die Mascha Bohnenstange! Dieser Leander und sein Zwilling scheinen mindestens so groß zu sein wie ich und voll in Ordnung. Bei einer Patentante wie der Ria muss das wohl so passen. Gleich an diesem Nachmittag tun wir vier Langen uns zusammen wie auf ein geheimes Kommando. Wie weggefegt sind alle meine restlichen Noch-Zweifel an dieser Waldschulwoche.

Auf Rias Frage antworte ich locker: „Alles super! Danke, Ria! Scheint echt toll hier zu sein!“

„Ich hab ´s gewusst, Mascha. Auf eine superschöne Waldschul-Woche!“ Wir zwinkern uns optimistisch zu.

„Du bist die Beste, Ria! - Hab dich lieb!“ Das denke ich zuerst nur, dann platzt es mir auch noch raus. Sie lächelt mich gerührt an und drückt mich fix mal ganz fest.

„Oh! Danke, Mascha. Ich dich auch!“

16. Kapitel: EINE GANZE WOCHE OHNE?

Kaum sind wir fertig mit dem Tischdecken fürs Mittagessen, stellt sich uns der Waldschulleiter als Sebastian vor. Sich, die Waldschulpädagogik und sein Team natürlich. Urige Leute alle fünf. Kernige, heimatverbundene, sympathische Naturtypen, - oder wie beschreibt man die genauer? Na, egal! Jedenfalls krasses Gegenteil zu uns Stadtleuten, weiß ich von Ria. Das glaube ich ihr aufs Wort.

Wir hören einen kleinen Vortrag über die Ziele dieser Waldschule. Sie will die Jugend wieder näher an die Natur heranbringen. „Ihr sollt lernen, unsere wunderbare Natur in Ruhe zu entdecken und sie zu verstehen. Und dabei dürft ihr hier bei uns einfach für ein paar hoffentlich wunderschöne Tage nur große Kinder sein, - statt Internet-Freaks und Smartphone-Fans. Weit weg von der ständigen Hektik eures modernen Alltags. Geist und Körper in Einklang bringen mit unserem Wald. Euer Selbstvertrauen und das Gemeinschaftsgefühl wird auf diese Art wie von selbst gestärkt."

Wir schauen uns erstaunt an. Danach unsere Lehrerin.

„Da bin ich mal mordsgespannt", lästert Anneke. Und die Ria und der Leo schmunzeln. „Oh ja, das sind wir auch."

Sebastian und seine Kollegen lächeln uns vergnügt zu. „Wer von euch ist überzeugt, er oder sie schafft es nicht mal für sechs Tage ohne sein überlebensnotwendiges Surfen? Und ganz besonders ohne sein Smartphone u. Co?"

Albernes Kichern bei ein paar Mädchen. Genervtes Seufzen bei ein paar Jungen. Vergnügtes Schmunzeln bei den Lehrern. „Ich!", meint Adrian ganz cool. „Stimmt!", knurrt Luis. „Nee! Ich auch nicht!" Emily grinst auffordernd in die Runde. Typisch Klassensprecher. Echt tolle Vorbilder. So was haben wir gewählt! - Oder? Sprechen die drei das stellvertretend aus? Für uns alle? Wo gibt es das denn noch:

Absolutes Internet-Nein! Und das nur für uns Schüler! Voll fies! Wozu und für wen soll das bitteschön gut sein? Sind wir hier jede Menge Lichtjahre hinterm Mond? Echt voll seltsamer Laden! Soll ich das jetzt mal laut denken? Für uns alle gleich mit?

Ich schlucke. Rias ungläubiger Blick signalisiert mir ein klares NO. Häh? Kann diese erstaunliche Frau inzwischen tatsächlich meine Gedanken lesen? Na, egal, Mascha.

Besser brav Klappe halten. Wir werden ´s ja sehen …

„Ach, Leute, inzwischen sind wir doch, mal ehrlich gesagt, alle miteinander zu Sklaven des Internets geworden“, stellt Sebastian fest. „Und zur neuen Spezies der Smartphone-Zombies. Hab ich Recht?“ Zombies? Wir? Klingt komisch?

Doch wir `Zombie-Sklaven´ nicken bloß nachdenklich. Stimmt ja wirklich. Dazu gibt ´s nix weiter laut zu sagen.

„Okay. Dann sind wir also doppelt gespannt“, höre ich. „Nämlich wie ihr diese eine schlimme Woche hier bei uns im … ähm, … digitalen Niemandsland überstehen werdet.

Tja, vielleicht bezweifeln das viele von euch im Moment. Uns durchaus verständlich. Die Zahlen der Gäste, die wir während des ganzen Jahres hier betreuen dürfen, geben uns allerdings immer wieder Recht: Es ist, - mit reichlich gutem Willen natürlich, - ausnahmsweise und zum Glück bloß kurzzeitig mal ganz OHNE zu schaffen! Das können wir euch aus langjähriger Erfahrung versprechen.

Übrigens sind wir bereits ein Jahr im Voraus ausgebucht, wie eure Lehrer euch sicher gesagt haben. Es kommen

Dritt- und Viertklässler zu uns, aber auch Gruppen mit Zwölf- bis Sechzehnjährigen. Immer öfter nutzen auch Familien ein langes Erlebniswochenende. Wir freuen uns jedenfalls sehr auf euch und eure Abenteuerlust. Danke, weil ihr den Weg zu uns gefunden habt!“ Er winkt Ria und Leo zu.

„Übrigens dürft ihr euch bei uns nach Herzenslust dreckig machen. Von oben bis unten. Das stört hier keine Nase.“

Übermütiges Kichern, speziell in der Ria-Stadt-Klasse. „Erobert unsere Umgebung mit allen euren Sinnen. Dazu gehören auch eure nackten Füße auf dem Waldboden und auf unserem neuen pädagogischen Fühl- und Erlebnispfad.“

Allgemeines ungläubiges Lachen, wieder vor allem in meiner Klasse.

„Null-Bock und Langeweile sollten Fremdworte sein in dieser Woche“, hören wir. „Denn hier gibt die Natur rund um die Uhr den Ton an. Schaut euch jetzt zuerst einmal alles in Ruhe an. Wir beantworten euch gerne jede anscheinend noch so dumme Frage. Also auf eine tolle Zeit! Ach, ja, und noch eins: Es versteht sich wohl von selbst, dass auf unserem gesamten Gelände absolutes Alkohol- und Rauchverbot sein muss. Das seht ihr hoffentlich ein.“

Neben mir murmelt Max: „Fuck! Saukomisch! Und was ist mit Kiffen, Alter?“ Adrian flüstert: „Oh, Shit! Davon hat er nix gesagt. Hab nix gehört. Du etwa?“

Eine Extrarunde Applaus, ihr Spinner?

Zum Schluss fällt Sebastian das immens wichtige Ernährungs-Thema ein. Wir schalten fix wieder auf Empfang. „Ach so! Was wir hier gleich zu mampfen kriegen!“ Vitus, der pummelige Vielfraß, leckt sich genießerisch die Lippen.

BIO-Produkte? Richtig! Und die natürlich möglichst frisch aus dieser ländlichen Region, erfahren wir mit gemischten Gefühlen. Das ist nicht jedem sein Ding, fürchte ich.

Uff, Ria, gib ´s zu! Das hast du genau gewusst! Sie setzt prompt ihr süßestes Sauerwein-Unschuldslächeln auf.

„Guckt nicht so entsetzt, Leute!“, meint Sebastian. „Hier ist noch keiner verhungert oder jämmerlich an Cola-Entzug verdurstet. Spätestens am Samstagabend dürft ihr wieder nach Herzenslust bei Mac Burger u. Co. reinhauen in eure gewaltigen Doppeldecker.“

Wir kichern zurückhaltend, gucken eher abwartend bis reichlich skeptisch.

„Zugegeben, für manchen von euch ist unser Essen zuerst gewöhnungsbedürftig. Aber diesen köstlich-knusprigen Bratkartoffeln unserer Küchenfee und ihrer Helfer, dem Gurkensalat mit frisch gepflückten Gartenkräutern, leckerer Tomatensuppe, dem frischgebackenen Bauernbrot und dem wunderbaren Rhabarberkuchen mit süßer Schlagsahne konnte bisher noch niemand lange widerstehen. Lasst es euch einfach schmecken in unserem Wald. Der Appetit kommt erst beim Essen, wie es so schön heißt.“

Mir läuft das Wasser im Mund zusammen. Hört sich alles recht verlockend an. Ich peile fix in die Runde. Nanu? Null Kommentar? Nix an Protestgeschrei? Das glaub ich ja nicht! Unsere Lehrer lächeln sich zu. Erleichtert alle beide? Oder eher abwartend? Das Mittagessen wird es zeigen.

„Der Hunger treibt ´s rein!“ Also doch! Das freche Clown-Adrian-Grinsen war zu erwarten. Hätte mir direkt gefehlt.

„Aber Fleisch, das gibt ´s schon?“, fragt jemand aus Leos Klasse. Selbstverständlich! Die Würstchen vom BIO-Hof, die zum Abendessen auf uns warten, sind SAU-GUT sozusagen. Bravo! Wir trommeln zufrieden auf die Tische.

`Tja, dann auf guten Hunger, Leute!´ denke ich und habe plötzlich einen Riesen-BIO-Appetit. Ich schaue zu unseren drei Syrern. Wie werden sie mit dem ungewohnten Essen hier klarkommen? Sicher wird Ria sich darum kümmern. Warum soll ich mir also darüber Gedanken machen?

Na, dann! Da bin ich mächtig gespannt, muss das aber nicht laut rausposaunen. Ein schneller zweiter Blick in die Runde zeigt mir, wie mordsgespannt wir jetzt alle sind nach dieser deutlichen und besonders wichtigen Waldschul-Chef-Begrüßungsrede. So wenig langweilig wie ich die fand, werde ich garantiert auch die Woche hier voll cool finden. Mach das Beste draus, Mascha, nehme ich mir vor. Nicht bloß für dich, nein, erst recht für die Ria. Sie hat ´s nämlich wahrhaftig verdient. Und ich weiß, die anderen sehen das ähnlich. (Und wer nicht, soll uns mal gerne haben. Basta!)

17. Kapitel: DER LEO IST EUER VATER?

Während die meisten Jungs und ein paar Mädchen später auf der Wiese schreiend dem Ball hinterher rennen, sitzen wir anderen Mädchen im Baumhaus. Mareike und ihre Freundin Saskia erzählen uns von ihrer Dorfschule. Auch von ihren Familien. Das klingt stark: Ein umgebauter Bauernhof mit jeder Menge Tieren. Mareikes Mutter ist ebenfalls Lehrerin, am Gymnasium in der Kreisstadt. Aber nur mit einer halben Stelle. Wegen der vielen Arbeit auf dem großen Hof.

„Wir haben noch den Karli, der ist erst acht", sagt Mareike. „Eigentlich heißt er Lennart, aber alle nennen ihn den Karli. Der sieht dem Paps noch ähnlicher als wir Zwillinge."

„Wieso? Der Leo … ist … euer Vater?" Ich mache Kulleraugen, weil Mareike nickt. „Sieht man doch auf hundertfünfzig Meter. Hat die Ria euch das nicht verraten?"

NEIN! Warum wohl nicht? Soll ich ihr das verzeihen?

Nele wundert sich: „Und gleichzeitig euer Lehrer? Wie geht das denn?" Auf dem Dorf geht so was, erfahren wir. Und wie das alles so läuft auf diesem Bauernhof der Familie Richter. Zwischen zwei großen Rottweiler-Rüden und drei Pferden, zwei Ponys, fünf Schafen, zwei Ziegen. Und vier Katzen und zehn Hühnern samt dem prächtigen Hahn.

Buff! Kann ich mir beim besten Willen nicht vorstellen, würde diesen Hof aber unheimlich gerne kennenlernen.

„Ist eure Mutter genauso groß?", will Anneke wissen. „Nicht ganz so. Sie ist unsere Kleinste, außer dem Karli. Aber der wächst ja noch vor sich hin", lacht Mareike.

Wir beide sollen uns Rücken an Rücken stellen. Anneke

muss uns jetzt unbedingt messen. Sie steigt auf die kleine Sitzbank, legt die Hände flach auf unsere Köpfe.

„Du bist zwei Zentimeter kleiner, Mareike, schätze ich. Mascha ist die Längste von uns.“ Sie peilt von ihren 1,63 Metern hoch zu Mareikes 1,81 Metern. „Ihr seid gleichgroß, dein Bruder und du?“, fragt sie.

„So ziemlich.“ Mareike scheint völlig zufrieden mit ihrer ungewöhnlichen Länge, stelle ich erstaunt fest, als sie kichert: „Wenn wir Jeans, Jacken oder Schuhe kaufen, ist das total witzig.“ Oh ja, davon kann ich ein Lied singen. Schuhe kaufen ist für mich der pure Horror. „Quadratlatschen. Was anderes finde ich nie“, seufze ich theatralisch.

„Na und? Hauptsache, deine großen Zehen passen bequem rein. Mir ist das völlig schnuppe, wie die Dinger aussehen. Bei uns in der Pampa brauchst du sowieso nix anderes als ausgelatschte Turnschuhe und Gummistiefel. Und Leander halt seine zwei Paar Fußballtreter.“

Ich zucke zusammen. LEANDER? War der Name irgendwann mal wichtig? Es fällt mir nicht ein. Hat Ria schon mal vorher von ihrem Patenjungen gesprochen? Wahrscheinlich. Ich habe mir das nur nicht gemerkt.

In dieser ersten Nacht in der Waldschule schrecke ich aus meinem Traum hoch. Deutlich ist alles wieder vor mir:

Das seltsame Hexenhaus. Die Bank. Dieser große Junge. `Ich bin ´s, Mascha. Der LEANDER! Alles wird gut!´

Mein Herz rast. Derselbe Traum? Derselbe Junge?? Was bedeutet das??? Kann Friedo mir das sagen? Ich muss ihn sofort danach fragen, sobald wir daheim sind.

Nein, so lange muss ich gar nicht warten. Ich frage nämlich diesen Leander selber, obwohl ich mir das nie zugetraut hätte. Es ergibt sich irgendwann. Einfach so.

Nicht gleich am Anfang. Da habe ich noch jede Menge

meiner albernen Stille-Mascha-Hemmungen, auf die andere Klasse zuzugehen. Außer auf Temperamentbündel Mareike. Irgendwann spüre ich, wie völlig uninteressant es denen ist, ob jemand groß ist oder klein. Auch welche Hautfarbe er oder sie hat und aus welchem Land er gekommen ist. Einer von denen ist dunkelbraun wie Schokoladenpudding.

Klein-Kawa nennen sie ihn, obwohl er mit fast sechzehn der Älteste in der Klasse ist. Tiefschwarze Knopfaugen leuchten zu mir auf. Er scheint ein besonders guter Freund der Zwillinge zu sein, denn ich sehe diese drei die meiste Zeit zusammen. Mit ihrer unkomplizierten, offenen und fröhlichen Art stecken sie jeden sofort an. Sogar mich, die sonst mehr zurückhaltende Mascha. Auch mit unseren drei Syrern und dem Neuzugang Aziz, also eigentlich heißt er Gulaziz und kommt aus Kabul in Afghanistan, funkt es zwischen den dreien sofort.

„Da sind die Äpfel direkt unter den Birnbaum gefallen", schmunzelt Ria. „Besser gesagt: Die munteren Zwillinge sind vom selben Schlag wie mein Leo-Kollege und seine Martina." Sie verspricht, mit mir und Robbi demnächst zu diesem sagenhaften Bauernhof der Richters zu fahren.

„Natürlich nur, falls du das gerne möchtest", grinst sie verschmitzt und drückt mich an sich. (Ähm .. Möchte ich das? Ich glaube ja, liebe Ria. Sogar nichts lieber als genau das!)

18. Kapitel: SCHATTENSPIELE MIT NEUER MASCHA?

Am Dienstag, gleich nach dem Frühstück, darf sich jeder in sein Tages-Waldprogramm einwählen. Wie selbstverständlich treffen wir uns bei der Vogelstation in der Gruppe von Tom, dem Ornithologen. Die Zwillinge, der Kawa, Ali, seine beiden Mädchen und ich. Wie gut die vom Dorf sich auskennen mit allen Waldvögeln. Sie ordnen Gelege und Nester zu, erkennen die verschiedenen Stimmen und Vogelfedern. Ich, das typische Stadtkind, kenne gerade die paar Schwarzamseln, Spatzen und Meisen, die sich über unseren Dächern heimisch fühlen im künstlich geschaffenen Grün und von mir im Winter regelmäßig ihr Vogelfutter bekommen. „Wieso kennt ihr euch so gut aus?“, frage ich Mareike. Sie winkt ab. „Ich doch nicht! Das sagst du besser meinem Zwilling. Ich wette, er wird mal einsamer Vogelwart auf ´ner Nordsee-Hallig.“ Leander lacht laut: „Ganz sicher nicht, Schwesterchen. Ohne den Wald und meine Familie würde ich vor Heimweh sterben wie ein Fisch auf dem Trocknen. Mit Seevögeln hab ich es auch nicht so.“

Tom schlägt eine Nachtwanderung vor. Eulen und Fledermäuse beobachten? Nachts im Wald? Klingt das spannend?

Bestimmt ist das auch was für die anderen aus meiner Klasse, schlage ich vor.

Doch vorher gibt es noch ein verlockendes Angebot für alle, die sich gerne produzieren möchten. Kaum hat der Tischdienst mittags das Geschirr in die Küche getragen, halten Leo und Ria ihre `Rede an die Truppe´. Es geht um den gemeinsamen Abend am Freitag, den krönenden Abschluss dieser Waldschulwoche sozusagen. Leo hatte die Idee, mit beiden Klassen gemeinsam ein kleines Programm auf die Beine zu stellen. Sein Vorschlag ist ein Schattentheater. Zum Beispiel. Oder hätte von uns wer eine Idee?

„Kennt sich von euch jemand bereits damit aus?“, fragt er die Ria. „Eher nein, leider“, sagt sie. „Kein Problem. Meine Zwillinge sind nämlich inzwischen beinahe die Schatten-Profis.“ Mareike und Leander grinsen vergnügt. „Macht voll Bock, Leute“, kommt es zweistimmig. „Und ist total easy“, ergänzt Mareike strahlend.

Gehört habe ich schon mal davon. Bisher habe ich mich jedoch nie getraut, bei irgendwelchen Schulaufführungen im Mittelpunkt zu stehen. Mascha, die langbeinige Giraffe? Nee, musste nicht sein! Obwohl Friedo mir oft Mut machen wollte. „Schmeiß deine albernen Hemmungen doch ausnahmsweise mal einfach über Bord! Sei kein Feigling, Mascha! Hast du das etwa nötig?“ So hat er mich, wenig engelmäßig, regelrecht angemotzt. „Nee, danke! Ich mag mich nicht zur Schau stellen mit meinen langen Schlackerarmen und dünnen Storchenbeinen“, habe ich irgendwann zurückgemotzt, total genervt. „Kapier das doch endlich, du hartnäckiger Engel.“

Für Mareike ist es klarer als klar: Die Mascha muss mitmachen! Genau wie Jamala und Farah. Basta!! Und Punkt! Komisch, bei ihr traue ich mich nicht, nein zu sagen. Ich will mich doch nicht vor diesen Super-Zwillingen und meinen Freundinnen blamieren, weil ich kneife. „Na gut. Ich kann ´s ja mal probieren. Klingt irgendwie witzig, wie die Leute dich nur als deinen Schatten sehen.“

Zwölf Schattenspieler sind wir, die sich abends im kleinen Saal treffen. Zur Vorbesprechung mit Lehrer Leo und Tom. Sie haben eine breite weiße Leinwand quer über die kleine Bühne aufgestellt. Leo schickt Leander und Kawa dahinter, um den Scheinwerfer anzumachen. Auch Mareike ist verschwunden. Uff! Was ist das jetzt? Strahlt hinter der Leinwand plötzlich die Sonne? Sie lässt seltsame Pflanzenschatten erscheinen, die größer werden. Am Rand tauchen dunkle Tannenspitzen auf. Ich halte den Atem an. Ist das Zauberei? Auf beiden Seiten erscheinen große Gestalten und bewegen sich langsam, wie schwebend auf der Wiese hin und her. Die eine könnte eine Art Drachen sein, der eine Dampfwolke ausstößt. Kann das andere ein Engel sein mit durchsichtigen Flügeln? Oder vielleicht eine Art tanzende Elfe?

„Danke! Das genügt!“, ruft Leo. Klick! Sonne, Wiese, Drachen, Elfe sind verschwunden. „Wow! Affenstark!“, höre ich neben mir. Mareike und Leander kommen grinsend hinter der Leinwand hervor. „Na, was denkt ihr? Haben unsere Zwillinge euch Appetit auf Schattenspiele gemacht?“

„Voll krass! Das will ich auch“, meint Emily. „Wie macht ihr das?“, möchte Tim wissen. Schon sind wir mittendrin im Schattentheater. Es ist wirklich total easy, wenn man weiß, wie ´s geht, merken wir.

Die helle Lampe, also die `Sonne´, zaubert diese großen und kleinen verblüffenden Schattenbilder, je nach ihrer Entfernung von der Leinwand. Kleine Gräser wirken wie riesengroße bizarre Pflanzen auf einer Elfenwiese. Ein Stück Fichtenzweig erscheint als gewaltiger Baum. Auseinandergezupfte Watte ist die Dampfwolke aus dem Drachenmaul. „Jetzt fehlt uns noch die Handlung für euch Schauspieler“, sagt Leo. Saskia und Lukas schickt er hinter die Leinwand, damit wir uns vorstellen können, wie Menschenschatten wirken. Unser Profil eignet sich am besten, erfahren wir von Mareike. Immer möglichst zur Seite gucken, heißt das. Und so einfach ist das gar nicht. Irgendwie ungewohnt. Jeder will einmal probieren, während Leander mit Leos Smartphone kurze Videos von uns allen macht. Boah! So fotogen sind unsere Schatten? Am lustigsten wirkt der Schatten vom sowieso beinahe schwarzen Kawa. Der freut sich mächtig, weil wir uns über seine ulkigen Verrenkungen auf der Leinwand köstlich amüsieren. Er muss den Zauberer spielen, - unbedingt! „Kawa sein Zauber böses", steht für ihn fest. „Passt doch gut, böses Kawa", lacht Mareike ihn aus und bringt sich fix in Sicherheit hinter Leanders Rücken.

Schon kommen die Spiel-Ideen: „Ich finde, wir schneiden uns einen zweiten Drachen aus. Die beiden fangen dann die Prinzessin und schleppen sie in den finsteren Wald zum Zauberschloss." - „Und da holen die tanzenden Elfen eilig Hilfe herbei." - „Ja, der tapfere Ritter befreit sie mit seinem scharfen goldenen Schwert. Klingt doch witzig!"

„Warum nicht?" Der Leo amüsiert sich über unsere Kleinkinder-Fantasien. „Das lässt sich auf jeden Fall richtig gut darstellen. Spielt so was Ähnliches einfach mal kurz an", fordert er die Zwillinge und Kawa auf. „Nee! Das finden die anderen garantiert albern", protestiert Emily laut. „Wir sind doch wohl nicht im Kindergarten-Kasperletheater!"

Aber ich finde das cool und sag ´s auch deutlich. Schon schickt Leo mich als Schatten auf die Bühne. Hupps! So war das eigentlich nicht gemeint, Leo ...

Leander stupst mich aufmunternd an und zieht mich hinter die Leinwand. Bin das ich, dieser einer Prinzessin ähnliche Schatten mit den langen Haaren und der zarten Stupsnase? „Siehst toll aus, Prinzessin Mascha!", werde ich gelobt. „Und bewegst dich für den Anfang schon prima natürlich."

Am Ende unserer ersten Probe habe ich direkt … na ja, vielleicht … Feuer gefangen? „Geht ´s morgen weiter?", frage ich und scheine mühelos zu schweben wie eben noch mein Schatten auf der Elfenwiese. Leanders graue Strahleaugen lächeln mir zu. „Macht Laune, was?" - „Absolut!"

Ich lächle aufgeregt zurück und fühle mein Herz in einem ungewohnten Wackel-Rhythmus klopfen.

Ich träume so deutlich wie lange nicht mehr. Die Drachen wachsen zu Riesenmonstern und fliegen mit Prinzessin Mascha über viele Länder und Meere. Es ist ein köstliches Gefühl zu fliegen, und ich fühle nicht die Spur von meiner Höhenangst. Meinen herrlichen Traum muss ich noch im Schlafanzug Anneke und Nele erzählen. „Klingt gewaltig", sagt Nele. „He! Kommt das von euren komischen Schattenspielen?" Ich nicke abwesend und fliege weiter auf dem Drachenrücken über den blauen Ozean. „Kann ich da noch mitmachen?" Nele stupst mich an. „Hi, Mascha, komm mal wieder runter. Hörst du mir überhaupt zu?" - „Was hast du gesagt?" Ich sitze mitten auf Wolke siebzehn.

„Musst du den Leo fragen", antwortet Emily für mich. „Wir brauchen noch Elfen. Bring auch Jamala und Farah mit." Für heute um 19 Uhr bestellt Leo seine Schattentruppe. Pünktlich! Mit Neuzugang der anmutigen Elfen Anneke, Nele, Farah und Jamala.

19. Kapitel: EICHHÖRNCHEN MÜSSTE MAN SEIN!

Zuerst ist jedoch wieder Waldprogramm angesagt. Meine Gruppe ist mit Förster Henner und seinem Jagdterrier, dem lebhaften Bonzo, unterwegs. Bäume und Pflanzen bestimmen steht an. Wie heißen die häufigsten Arten hier in diesem Mischwald? Darin bin ich ziemlich gut. Meine Eltern und Großeltern haben mir viel darüber erzählt und in Büchern gezeigt, wenn wir am Wochenende oder in den Ferien ausgiebig durch den Wald gewandert sind.

Henner lässt uns zuerst nachdenken über die Bedeutung des Waldes für seine Tiere und uns Menschen. Schon sind wir in einer heißen Diskussion über den Klimawandel und seine zunehmenden Gefahren für die Bäume, zum Beispiel durch verstärkt auftretende Schädlinge wie Borkenkäfer. Die Zwillinge steigern sich regelrecht rein in dieses brisante Thema, wie Henner es nennt. Sind auch die anderen aus ihrer Klasse besser informiert als wir aus der Stadt?

„Hallo? Sehe ich vor mir künftige Umwelt-Aktivisten?“, fragt Henner. Wir gucken uns verwundert an.

„Kein Scherz!“, sagt er. „Pfiffige und vor allem selbstbewusste Youngsters wie ihr sind nötig, um gegen die vielen schlimmen Folgen aus den Fehlern der Erwachsenen anzukämpfen. Wenn IHR euch nicht stark macht, wer soll es sonst tun? Wenn noch jemand eine Chance hat, unsere erschreckend verkorkste Welt zum Positiven zu verändern, dann powervolle Youngsters wie ihr.“

Mareike schiebt energisch das Kinn vor. Ihre Stimme klingt entschlossen: „Stimmt! Wie so viele Jugendliche in anderen Ländern könnten wir das verdammt auch. Ist doch haargenau unsere Zukunft, die wir uns nicht versauen lassen wollen. Oder was?“ Warum guckt sie dabei ausgerechnet zu mir? Ich spüre, wie Leander mich von der Seite anpeilt und ziehe automatisch die Schultern hoch. Nee, Leute! Das ist nicht mein Ding! Kämpfen überlasse ich euch. Jedenfalls nicht an der vordersten Front. Dafür bin ich nicht der Power-Typ. Henner rettet mich: „Okay, ich zähle auf euch. Und du auch, mein Bonzo? Lasst euch was einfallen. Was Besonderes, was richtig Schlaues. Es lohnt sich, für eure Zukunft stark zu sein. Vielleicht bin ich eines Tages stolz, weil ich euch kennenlernen durfte.“

Mareike grinst breit: „Wer weiß, Henner? Wenn wir auch mal Umwelt-Promis sind. Wie Greta aus Schweden.“

„GRETA? Sie ist für mich längst mehr als ein Promi!“ Henners Augen leuchten auf. „Sie ist für mich einzigartig. Eine Art Friedens-Phänomen. Möge sie es bald schaffen, uns alle mit ihrem besonderen Virus zu infizieren.“

Mareikes Augen sprühen Funken. „Hey, Leute, das isses! Wir machen hier unsere eigene DEMO! Mit Protestplakaten und so. Und sammeln Hunderttausende von Unterschriften. So ganz hinterm Mond sind wir noch lange nicht.“

„Egal was. Nur schaut nicht länger nur schweigend zu, wie es mit unserem, besser gesagt mit eurem armen Planeten weiter den Bach runter geht. Einen zweiten gibt es für uns nicht, wenn wir den ersten völlig kaputt gemacht haben. Und inzwischen ist es bereits ganz schön kurz vor zwölf, - wie es so treffend heißt.“

Henner wirkt sehr ernst, wie er uns das sagt. Ich habe ein ungewohntes, sonderbar mulmiges Gefühl im Bauch dabei.

Leander macht den Dolmetscher für Kawa und die Syrer. Luis übersetzt immer mal für Aziz, der uns mit seinen großen, wissbegierigen Augen folgt. Englisch verstehen sie wesentlich besser und nicken immer wieder nachdenklich.

Bonzo springt schrill kläffend am dicken Stamm einer hohen Fichte rauf und runter. „Aus, Bonzo!“, ruft Henner ihn zu sich. „Lass die beiden in Ruhe!“ Ich lege den Kopf in den Nacken und verfolge die rotbraunen Kobolde, bis sie hoch oben in den dunklen Zweigen verschwunden sind.

Mareike tippt mir auf die Schulter. „Richtungswechsel! Die sind schon einen Baum weiter. Schau, da oben!“

Sie zeigt am Stamm der benachbarten Lärche hinauf, wo die buschigen Schwänze Fangen spielen.

„Eichhörnchen müsste man sein!“, staune ich. „Einfach so fliegen können, von Baum zu Baum. Dabei null Gedanken an tausend Umweltprobleme verschwenden müssen.“

Falsch, erfahren wir von Henner. Diese possierlichen Eichhörnchen mit ihrem leuchtend-weißen Brustfleck müssen sich sogar reichlich Gedanken machen. Allerdings nur um die vielen Verstecke ihrer Wintervorräte.

„Eifrige Tierforscherinnen in den United States haben dazu etwas Unglaubliches herausgefunden, als sie das Verhalten von nordamerikanischen Squirrels untersucht haben: Wenn die im Herbst ihre Nüsse an den unterschiedlichsten Plätzen in die Erde eingraben, müssen sie sich diese weit verteilten Verstecke ja irgendwie merken können.“

Ihr Instinkt? Nein, der würde dafür wohl nicht ausreichen. Dann markieren sie die Stellen? „Na gut, von selber werdet ihr kaum drauf kommen: Ihr Gehirn verändert sich.“

Wie bitte? Kein Scherz? „Nein, auch diesmal kein Scherz! Es fängt dann nämlich an, sich deutlich zu vergrößern.“ Wahnsinn, als Forscher so was rauszufinden! Ob ich Henner das glauben soll, so unwahrscheinlich, wie es sich anhört?

„Wer weiß denn so was? Stimmt ´s, Henner?“, fragt

Emily mit ihrem süßen Unschuldsgrinsen.

Wir kichern und rufen im Chor: „Ooooh! - Aaaah!“

Henner grinst breit: „Bingo! Ertappt! Aber hättet ihr ´s denn gewusst?“ Klares Nein! Keiner von uns, geben wir zu. „Und hier, bei unseren europäischen Eichhörnchen? Ist es da auch so?“, möchte Lotta wissen. Henner kann sich das gut vorstellen. „So was müsste es bei uns Menschen auch geben! Vor dämlichen Prüfungen zum Beispiel.“

Lotta seufzt hörbar. Wie Recht sie hat.

„Ja, diese flinken Nagetierchen sind mehr als erstaunlich“, meint Henner. „Und wir Forstwirte verdanken ihnen so manchen neuen Baum.“ Wieso? „Ganz easy“, erinnert sich Max. „Aus den Nüssen, die sie trotz Superhirn doch nicht wiederfinden, wachsen im Frühling kleine Bäumchen.“ „Richtig, Max. Sie helfen uns unbewusst beim Aufforsten“, lobt Henner. „Wir Förster mögen sie daher besonders.“

„Wirklich! Eichhörnchen müsste man sein!“, sagt Saskia.

„Nö, Baum müsste man sein. Einfach nur dastehen und vor dich hin wachsen“, meint Vitus. „Haha! Und auf niedliche Borkenkäfer warten, Alter?“, lästert Max.

Förster Henner dreht sich zu den beiden um. „Wusstet ihr übrigens, dass Bäume die mit Abstand faulste Spezies auf unserer Erde sind?“

Wie meint er das denn? Die Erklärung dazu ist simpel:

„Sie wachsen unglaublich langsam im Vergleich zu allen anderen Lebewesen und stehen ihr ganzes Leben lang bloß in der Gegend herum, sozusagen als hätten sie dort Wurzeln geschlagen. Um sich fortzupflanzen, nutzen sie nicht nur den Wind aus, nein, auch Vögel und Insekten. Vor allem die fleißigen Bienen dürfen für sie arbeiten. Und weil sie sogar zu faul sind, sich für den Winter Vorräte anzulegen, lassen die allerfaulsten, die Laubbäume, sobald es kalt wird, einfach ihre Blätter herunterfallen. Weil sie auf die Weise nämlich noch weniger Energie brauchen. Ein ganz faules Pack also, wie ihr sehen könnt. Noch Fragen?“

Henner grinst verschmitzt. Wir applaudieren lachend. Klingt voll witzig! Da muss einer erstmal drauf kommen.

Mareike überlegt: „Ist ihnen dabei nicht schrecklich langweilig?“ Der Förster überlegt: „Vielleicht? Oder träumen sie davon, irgendwann mal als schöner Schrank, als Tisch oder Stuhl in deinem Wohnzimmer zu stehen? Wer weiß?“

Ob ich mir das alles merken kann? Ich muss es unbedingt Mama, Robbi und der Oma Anna erzählen. Und natürlich Friedo. Der versteht ja auch Spaß. Ach so, und erst recht der Ria! Oder weiß die das alles schon vom Förster?

Henner ist noch nicht fertig mit den Eichhörnchen. „Könnt ihr euch denken, warum ein zu heißer und zu trockener Sommer für unsere kleinen Nüsse-Sammler lebensgefährlich werden kann?“ Wir vermuten: „Sie finden nicht genug zu trinken?“ Nein, die Nüsse werden durch die Hitze nicht reif in der Schale. Es gibt zu viele sogenannte hohle, also leere Nüsse. Die werden trotzdem im Herbst eifrig vergraben. Denn so schlau sind die Eichhörnchen halt nicht, dass sie durch die feste Schale den feinen Unterschied, nämlich das geringere Gewicht der leeren Nuss, bemerken können.

„Und dann im Winter buddeln sie die aus und nix ist drin“, stellt Max fest. „Und dann müssen die Armen verhungern!“, ergänzt Adrian. „Leider ja“, nickt Henner traurig. „Und für euch ein wichtiger Grund mehr, mit den Umweltschützern gemeinsam zu kämpfen.“

Ich schlucke aufgeregt. Dieses spannende Thema muss

ich unbedingt noch viel ausführlicher weiterdiskutieren. Mit den Zwillingen? Natürlich auch im Unterricht mit Ria!

Als Henner seinen Rucksack abnimmt und daraus verschieden große Tierschädelknochen hervorzaubert, sind uns die Dorf-Kids wieder überlegen. Wir können nur drauflos raten, ob das früher mal ein Dachs oder ein Wiesel war. Oder ein Wildkaninchen gewesen sein soll.

Leander verrät uns augenzwinkernd: „Ich mache jedenfalls Forstwirtschaft nach der Schule. Hundertpro, Leute!“

Wieder leuchten Henners Augen. „Na, prima! Ich denke, das passt zu dir, du künftiger Kollege. Aber stell dir das mal nicht so einfach vor.“ Schon hält er uns einen kurzen Vortrag über seine total vielen Aufgaben. Leander nickt immer mal dazu. Für ihn scheint das absolut nix Neues zu sein. Und ich fange an, ihn irgendwie noch mehr … na ja, vielleicht zu bewundern? Oder was ist das sonst für ein Bauchgefühl?

Henner zaubert aus seiner Jackentasche kleine hellbraune Holzschiffchen und legt sie auf seine Handfläche. „Die kennt ihr alle, besonders aus der Adventszeit.“ Max sagt: „Klar. Walnüsse. Hast du die aufgemacht?“ Nein, das war er nicht. „So besonders akkurat schaffe ich das nur selten mit meinem Nussknacker“, gibt Henner zu. Max meint: „So glatt wie eben poliert fühlt sich der Rand der Nuss-Schalen-Hälften an.“ Überall in der Nähe des großen Walnussbaums hat Henner sie gefunden. Jede fein säuberlich leer gefressen bis auf den letzten Krümel. Denn da hatte jemand großen Walnuss-Appetit vor dem ersten Frost und Schnee.

Na, wer wohl? Ganz eindeutig zu erkennen! „Ach so. Auch die Eichhörnchen?“, vermuten wir. Bingo! Extrapunkte!

Ja, wie sie es schaffen, mit ihren großen Nagezähnen die Hälften genau in der Mitte zu trennen, ist auch so ein kleines Wunder der Natur. Mir fallen die Mini-Schiffchen mit den flackernden Kerzenresten ein. Die hat meine Mutter früher immer zu Weihnachten in ihrer Fußbadewanne schwimmen lassen. Ich durfte der Puste-Wind sein, der sie übers Meer vorantrieb. Adventszauber pur! Ach, Mama! Mein Vater als Nussknacker-Meister musste uns die Walnüsse aufknacken, weil bei uns die Schale nur äußerst selten heil blieb.

Wir haben große Papiertüten dabei, für besonders geformte Holzstücke, die wir zufällig finden. Aus denen können wir nachmittags in der Werk-Hütte nach Herzenslust eigene Wald-Kreationen zaubern, wie Henner es nennt.

Traumfänger mit Wollfäden zum Beispiel, wie sie auch im Tagesraum hängen. Damit lassen sich die wunderschönsten Träume einfangen, weiß Jamala. (Ach ja? Die hab ich auch so!) Oder wir könnten die seltsamsten Tierfiguren erfinden.

„Da hätte ich vollen Bock drauf!“ Saskia bewundert das bizarre Wurzelstück, das Kawa lachend über den Kopf hält. „Schau, Mascha! Hab gefunden da drüben! Du auch sagen schön? Schöönes Kawa-Wunder?“

„Respekt! Kawa!“, wird er von Henner gelobt. „Du hast ein scharfes Auge für ein kleines Kunstwerk der großen Künstlerin Natur.“ Das bewundern wir jetzt alle, während Kawa es uns stolz herzeigt, und halten nun doppelt eifrig Ausschau. Und stolpern bald über recht brauchbare Teile.

In meinen kreisrunden Traumfänger aus blauen und verschieden grünen Wollfäden knote ich zum Schluss zwei gelbe Gebilde, die könnten mit etwas Fantasie als ein L und ein M durchgehen. Ria, die sich dieses Mal unserer Gruppe angeschlossen hat, gefällt mein Kunstwerk. Sie kann sich ein listiges „Das soll Mareike und Leander heißen, stimmt ´s?“ nicht verkneifen. „Jap!“, grinse ich und weiß, sie weiß genau, wer das M sein soll. „Warte, ich flechte für dich noch ein weißes R dazu“, beschließe ich. „Nee, am besten zwei.“ Lachend hilft sie mir. Denn der R-Bogen ist komplizierter als das simple L, - und so begnadete Bastler sind wir beide nicht. Aber zumindest Leo und die Zwillinge finden unsere Co-Produktion mit ihren Buchstaben durchaus vorzeigbar. Hahaha! Erst mal besser machen! Die eher kreativ-wilden Traum-Kunstwerke von Leander und Max finde ich witzig, lobe sie allerdings freudig, - wie sie das von mir erwarten.

Mehrere andere, - aus beiden Klassen, wie Vogelexperte Tom und die Lehrer zufrieden feststellen, - haben inzwischen an der Werkbank Holzbrettchen zurechtgesägt und zusammengenagelt. „Krass! Mann, die sehen stark aus!“ Wir Traumfänger-Bastler sind tief beeindruckt von zwei wunderhübschen Vogelhäuschen.

„Tja, wir mal wieder!“, grinsen Mareike, LL, Adrian und Emily sich zu und klatschen sich lässig ab. „Die hängt ihr in einer günstigen Ecke vom Schulhof auf“, schlägt Tom vor. „Alle hungrigen Vögel sind euch riesig dankbar, denn der nächste Winter kommt bestimmt. Auch bei euch mitten in der Stadt.“ Unser Dachgarten fällt mir ein. Da würde so ein nettes Vogelhaus super hinpassen.

Ich werde Leander und Mareike fragen, ob sie zum Herbst noch so ein Häuschen bauen, speziell für Mascha und ihre hungrigen Stadt-Vögel.

20. Kapitel: MUSSEN KUSSEN BEIDE!

Ria bemerkt erleichtert, wie ich buchstäblich aufblühe in dieser besonderen und ungewohnten Umgebung. Es tut mir gut, weil sie mir das so offen sagt. Ich merke es ja selber, wie ihr cleverer Patenjunge und seine pfiffige, immer vergnügte Schwester mich aus der Reserve locken. Ob ich das will oder peng! Vor allem der Kawa mit seiner ansteckend unbeschwerten, humorvollen Art hat mir gefehlt.

Wenn mein Vater mich so gelöst und allem Anschein nach sehr zufrieden sehen könnte, meint Ria, seine Sorgen-Mascha würde er kaum wiedererkennen. Ja, Rias Idee mit dieser perfekten Waldschule ist Gold wert, würde er sagen, fällt mir spontan dazu ein. Ein dicker Stein purzelt uns gleichzeitig vom Herzen. Und wir nehmen uns fest vor, den Kontakt zu dieser Dorfjugend zu pflegen und zu düngen wie ein zartes Pflänzchen. Ich muss ihr wohl nicht sagen, wie ich mich darauf freue. Sie kennt mich inzwischen fast besser als mein Vater, glaube ich. Ich merke genau, wie sie unsere neue Clique öfter beobachtet. Ich sehe ihr an, was in ihr vorgeht, als sie abends zur Schattentheater-Probe hereinschaut. Sie traut wohl ihren Augen nicht.

Diese Prinzessin, die sich so graziös und locker hinter der Leinwand bewegt, - wie Leo es ausdrückt, - soll wahrhaftig ihre sensible, verklemmte Mascha sein? Hemmungen ade? Hat es mir gefehlt, einfach mal für kurze Zeit in eine andere, unbekannte Traum-Rolle zu schlüpfen? Meine Arme und Beine sind mir auf einmal nicht mehr zu lang. Anmutig wie bei einer wahren Prinzessin scheinen sie sich wie von selbst zu bewegen. Ich spitze die Ohren, als Ria mich nach der Probe bei Leo besonders lobt und leise hinzufügt:

„Deine Zwillinge wirken wahre Wunder, Leo.“

Wenn du wüsstest, wie du damit den Nagel mitten auf den Kopf triffst, liebste Frau Sauerwein! „Das freut mich!“, ist Leos ebenso leise Antwort. „Mir ist das sofort aufgefallen. So wie deine Mascha die beiden anhimmelt und mit ihnen auf einer Wellenlänge schwimmt.“

Was Ria ihm wohl über die Mascha erzählt hat? Ich muss sie irgendwann danach fragen. Upps! Hat er das womöglich seinen Zwillingen weitererzählt? Oh, bitte nicht!! Wie peinlich wäre das denn? Werde ich mich am Freitagabend tatsächlich als Schattenprinzessin hinter die Leinwand trauen? Vor beiden Klassen?

Wie ich die Ria einschätze, wird sie sich völlig im Hintergrund halten und abwarten. Gut so, würde Friedo sagen. Wenn ich ihn doch um Rat fragen könnte, meinen geliebten Schutzengel. Ob er ahnt, wie ich ihn gerade jetzt brauche? Was wäre schlimm daran, wenn die Mascha kneifen würde, schießt es mir durch den Kopf. Mareike würde Farah für mich einspringen lassen und keiner von den Zuschauern müsste das merken.

Denkste! Das wäre sogar heftig schlimm, macht mir Leos energische Tochter klar, als könnte sie Gedanken lesen. Beide Zwillinge und auch Kawa sind sich einig: Mascha ist die Schatten-Prinzessin und basta! Und sie wird das ähnlich locker schaffen wie bei der letzten Probe. Amen!

Dieses clevere, spontane Mädchen hat das richtige Gefühl dafür, wie sehr ich jemanden zum Mutmachen und Rückenstärken brauche. Ahnt sie, wie ihr Bruder mir alles andere als gleichgültig ist? Wenn ja, scheint ihr das zu gefallen.

Mir kommt es vor, als ob wir uns schon eine gefühlte Ewigkeit kennen würden. Als wäre eine andere Mascha hier in der Waldschule. Die alte Mascha sei in der Stadt zurückgeblieben. Die neue lässt sich einfach mitreißen von einem nie gekannten Gefühl der Freiheit und des Loslösens. Wäre ideal, die Zwillinge täten das ähnlich sehen.

Auch an diesem Probeabend machen wir Schattenfiguren deutliche Fortschritte, meint Leo. Zauberer Kawa hilft den fiesen Drachen, die Prinzessin auf den feuerspeienden Berg zu entführen. Sein natürliches, spontanes Talent und das holprige Deutsch mit den eingestreuten afrikanischen Schimpfwörtern werden ihn zum Star der Premiere machen, freut sich Mareike. Ist zum Brüllen komisch, wie er dem tapferen Ritter vor seinem Schwert herumfuchtelt und ihn mit wilden Hüpfern von der Prinzessin wegscheuchen will.

Erst ein gezielter Hieb, langsam, drohend, lässt den bösen Zauberer wie tot umsinken. Die Drachen fliehen mit schaurigem Kreischen in die finstere Erde zurück. Die liebliche Prinzessin sinkt ihrem mutigen Retter in die offenen Arme, verliebt `Danke, du mein tapferer Held!´ seufzend.

Hinter der Leinwand tönt es deutlich: „Kussen! Mussen kussen beide!" Zwei Schatten fahren auseinander. Lautes Gelächter, Klatschen und Pfeifen bei den Zuschauern. Wir klettern von der Bühne. Verlegen reibe ich meine Nase und schaue Ria an wie ein Fragezeichen.

„Das wirkt ... ja, genial, ihr Schatten!", lobt sie uns alle.

„Und du, Zauberer Kawa, bist umwerfend!", ergänzt Leo, sichtlich beeindruckt von unserem zweiten Spielversuch.

„Vieles Dank, Leo!" Kawa verbeugt sich geschmeichelt. „Aber warum nicht wollen kussen das schöne Prinzessin das tapfer Rittermann?" Ich fühle prompt Tomatenzeit bis zu den Haarwurzeln und drehe mich hastig um zum Fenster, als wäre eben gar nicht ICH gemeint.

Jemand tupft mir auf die Schulter. „Wär doch voll witzig! Ein Kuss zum Dank fürs Retten." Ich sehe Mareikes unbefangenes und vor allem unwiderstehliches Grinsen. Ohne die Spur von verlegen kommt ihr Vorschlag. Bin sofort die alte verklemmte Mascha. „Nee! Find ich doof! Kannst du ja machen. Ist doch dein Ritter-Bruder!"

„Stimmt! Komm, Leander, wir machen ihr das mal vor." Dieser verdutzte Ritter wird hinter die Leinwand gezerrt. Lampe wieder an! Ohne große Vorreden nähern sich die Schatten-Profile. Die Ersatz-Prinzessin spitzt die Lippen. Der Ritter zögert kurz. Schon wird er gepackt und näher gezogen. Deutlich klingt das Schmatzen von diesem spontanen Dankeskuss. Ich halte die Luft an. Das soll ich nachspielen? Niemals! Lieber verzichte ich auf die Rolle. In meinem Bauch macht sich Wut breit. Nee, ihr Zwillinge, nicht mit mir! Und das sage ich laut. Lauter, als ich beabsichtige, rutscht es aus mir einfach raus. Voll peinlich!

„Okay, Mascha. Hier wird keiner zu etwas gezwungen", stellt Leo klar. „Willst du, dass Farah für dich spielt? Oder lassen wir den Vorschlag von Kawa lieber weg?"

Nee, beides will ich nicht. Die Rolle ist doch meine! Aber küssen? Nee, das geht so was von gar nicht! Wütend funkle ich Mareike an. Ich fühle Rias Blick, spüre Tränen brennen. Drehe mich rum, ohne nachzudenken, stürze aus dem Raum. Vorbei an den Spielgeräten renne ich hinüber zu den hohen Buchen, lasse mich am glatten Stamm herunterrutschen, lege den Kopf auf die angewinkelten Knie … Und schäme mich. Schäme mich in Grund und Boden, wie die Ria es ausdrücken würde. Ach, Ria! Wie kleinkindisch albern kann man sich aufführen! Mit dreizehn! Musste ich eben alles vermasseln? Ausgerechnet Leander vor den Kopf stoßen? Egal, ob er dieser Junge aus meinen beiden Träumen sein kann. Ich mag ihn einfach. Seit ich ihn zuerst gesehen habe neben der Ria-Tante, war dieses Gefühl plötzlich da.

Und ich fühle es: Er mag mich auch. Würden seine hellgrauen Strahleaugen sonst noch stärker aufblitzen, sobald unsere Blicke sich zufällig und ziemlich oft treffen?

Ach Mami! Ach, Friedo! Bin ich der Ober-Ober-Hörni! Und was mache ich jetzt? Die lachen mich doch alle aus, so bescheuert, wie das eben gelaufen ist.

„Nein! Niemand wird dich auslachen, Mascha." Friedo? Erschrocken hebe ich den Kopf. „Wo bist du, Friedo?", frage ich leise. Ein Schatten fällt auf meine Beine. Engel werfen keine Schatten. Jemand lässt sich neben mir auf den Waldboden sinken. „Friedo? Wer ist das? Dein Freund?"

Ich gucke in neugierig funkelnde hellgraue Augen.

„DU, Mareike? Was willst du?"

„Dir die Meinung geigen, albernes Huhn", zetert meine neue Freundin los. „Einfach abhauen. Komm, alle warten. Oder … soll vielleicht unsere schöne Farah die Prinzessin sein? Würde auch nicht schlecht passen. Nee, Mascha, nicht wirklich, nöch?"

Ich lasse mich nicht einfach überreden. Erst als Mareike es mir schwört: Keiner, wirklich KEINER wird es wagen, mich auszulachen, da rapple ich mich zögernd auf.

„Wer das wagt, wird von mir eigenhändig durchgekitzelt bis aufs Blut. Da kannste Rattengift drauf fressen. DEAL?" Sie schafft es immer wieder, mich zum Lachen zu bringen, meine neue Freundin. „DEAL!", sage ich mit fester Stimme und schlage ein. Sie hängt sich bei mir ein und schleppt mich zielstrebig zurück zum Schattentheater.

„Lassen wir den blöden Kuss halt weg", schlägt sie vor. „War nur so ´ne Schnapsidee von Kawa."

„Fand ich nicht", gebe ich zu. „War eigentlich ´ne coole Idee. Wir müssen ja nicht in echt knutschen, - nur so tun als ob. Würde doch passen."

Tatsächlich sagen die anderen nach diesem Nur-so-tun-als-ob-Kuss, der würde fast echt aussehen auf der Leinwand. Endlich kann ich wieder frei durchatmen und Prinz Leander unbefangen ins Gesicht smilen.

„Wo war dein Problem, Mascha?", fragt Mareike uns. „Nirgends, stimmt´s, Mascha?", antwortet Leander für uns beide. Was soll ich ihnen da drauf antworten?

Im Traum wird dieser Kuss dann allerdings mehr als echt. Zuerst aber muss ich den Zauberer küssen, und das fühlt sich überraschend weich an und kein bisschen doof.

„Danke, Mascha. Gut du schmecken, deine Mund." Kawas Stimme klingt dunkel, - wie die von Vati? Ich drehe mich um, sehe vor mir die Augen von Leander, hellgraue Strahleaugen. „Lass mich auch schmecken, Mascha."

Ich drehe den Kopf zur Seite und fühle mein Gesicht von zarten Fingern umfasst. Weiche Lippen tasten über meine Stirn. Ich kneife die Augen zusammen, versuche mich zu wehren. „Lass … lass mich los!" Kein Ton kommt heraus. Meine Lippen pressen sich zusammen, als der andere Mund sie berührt und auf ihnen liegenbleibt, so weich wie vorher der Zauberer-Mund. Eigentlich auch kein bisschen doof.

„Du schmeckst so gut, Mascha", höre ich wieder. „Komm, wir machen weiter."

„Nee, du! Lass mich los!" Erschrocken fahre ich hoch.

„He, Mascha! Alles okay mit dir?" Das klingt nach Nele. Die schläft im Etagenbett über mir. Ich streiche zaghaft über meine Lippen. Das Gefühl ist noch da. Dieses weiche, zarte Gefühl. „Hmm, - glaub schon", nuschle ich, ziehe die Decke über den Kopf, will diesen Kuss-Traum festhalten. So lange wie möglich ihn auf meinen Lippen spüren.

21. Kapitel: SCHÖÖÖNSTE MOORSCHLAMMIS!

Später im Waschraum muss Neugier-Nele unbedingt wissen, warum ich im Traum losgeschrien habe. Mitten in der Nacht. „Weiß nicht mehr.“ Mein Traum gehört nur mir. Nix für übergroße Freundin-Ohren! Den Tag über beobachte ich die zwei Jungen immer wieder verstohlen. Wie sich das wohl ohne Traum anfühlt, so ein zarter Kuss von den beiden? Richtig echt.

Heute untersucht unsere Gruppe mit den jungen Praktikanten Frederica und Manuel verschiedene Waldproben unter großen Mikroskopen. Ein einfacher Brocken Erde, neben einer dicken Baumwurzel herausgekratzt, entpuppt sich als

oder besser verwandelt sich in eine Wunderwelt als Miniaturausgabe. Während ich mich fasziniert über das Mikroskop beuge, nähert sich von der Seite ein dunkler Kopf. Flüchtig berührt dichtes schwarzes Kraushaar meine langen glatten Strähnen.

„Lass gucken, Mascha. Bitte sehr!“ - „Komm her, Kawa!“ Ich rücke zur Seite. Danach - neben Leander, sogar ziemlich dicht neben ihm - erkenne ich die Millionen winzig-kleiner Waldbewohner … und schnuppere den kräftigen Geruch der Jungenhaut. Rotblonde Locken streifen mein Gesicht. Ich zucke kurz zusammen.

„Hab ich dich erschreckt? Sorry!“ Er wendet sich ab. Oh, im Gegenteil! Bleib da! Ich mag deine Nähe! Sogar sehr!! Wäre schön, ich würde mich trauen, das nicht bloß zu denken! Na egal, was soll Leander von mir denken, wenn ich das nicht bloß denke? Haha! Ach, Shit, ist das kompliziert! Ich gehe wohl besser ihm und Kawa aus dem Weg. Beim

Mittagessen spüre ich die forschenden Blicke der beiden. Ich würde sie gerne locker-leicht angrinsen. Nicht die Spur ist mir aber danach. Also stelle ich mich dumm und blödle mit den anderen Mädchen rum.

Nachmittags ist Schwimmen angesagt. Es ist zu heiß zum Denken, haben beide Lehrer festgestellt. Obwohl der Wald als eine Art Wasserspeicher für deutlich kühlere, angenehme Temperaturen sorgt. Weil der Weg zum See fast nur durch hohen Mischwald führt, müssen wir nur wenig schwitzen. Inzwischen gehen fast alle barfuß. So weich ist der Waldboden unter unseren dreckig-braunen Fußsohlen, - wie ein dicker Orientteppich. Am meisten Spaß haben wir auf dem Fühl-Pfad, an den meine empfindlichen Füße sich anfangs schwer gewöhnen. Wann laufe ich daheim barfuß durch die Gegend? Außer vom Bett ins Bad und retour. Der Dachgarten wäre dafür optimal, fällt mir ein. Das muss ich prompt zu Anneke und Nele weitersagen.

„Ist gebongt! Klingt witzig!“, meinen die einstimmig, und wir verabreden uns gleich fürs nächste fußgesunde Barfuß-Wochenende.

Am See tummeln sich schon etliche Badegäste, von wüst tobenden Minis bis zu knusprig verbrannten Opis in ihren Liegestühlen. Das dunkle Moorwasser lockt.

„Macht nicht zu viel Remmidemmi!“, ermahnt uns Leo. „Wir sind hier zu Besuch, vergesst das bitte nicht.“

Wir geben uns zuerst Mühe, nur wenig aufzufallen. Na ja, Badespaß leise ist kaum zu schaffen. Aber schließlich helfen sogar Ria und Leo eifrig, den Lärmpegel nicht allzu niedrig zu halten. Wen stört ´s hier am Wasser?

„Spaß muss sein im Kinderheim“, kichert Mareike.

Luis kommt auf die Schlamm-Idee. Dicht am Ufer holt er zwei Hände voll dunkelbraunem Matsch hoch und schmeißt sie Moritz mitten auf den Bauch. So fix kann keiner gucken, wie jetzt die wilde Moorschlacht in vollem Gang ist. Zum Schluss sind manche Schlammkämpfer schwarz bis in die Haarspitzen. Als dunkle Gestalten tanzen sie am Ufer einen schaurigen Tanz, allen voran Kawa mit seinen ulkigen Sprüngen. Mareike sieht aus wie Tusnelda, die alte Moor-Hexe. Ich habe mir bloß Arme und Beine eingeschmiert. Dieser eklige Matsch in den langen Haaren? Nee, muss nicht sein. Ich peile rüber zur Ria. Uppsi! Die sieht auch heiß aus. Von oben bis unten! Und sie lacht sich gerade kaputt, weil Leander mit dem größten Vergnügen seinem alten Herrn den Rücken vollklatscht. Ali und sogar der bisher oft ziemlich verschlossene Aziz sind hier volles Rohr dabei.

Nur Farah und ihre Cousine stehen abwartend und mit ungläubigen Gesichtern am Ufer. „Lass sie!“, sagt Ria. „Sie sind das nicht gewohnt. Und ich glaube, ihre Eltern würden es auch nicht erlauben. Sie kommen halt aus einer anderen Welt. Ihre Mentalität ist nicht unsere.“ Schade für euch?, überlege ich und bin irgendwie erleichtert, weil ich die Aus-unserer-Welt-Mascha sein darf.

Dann schießen unsere Lehrer Smartphone-Fotos für unsere Schul-Homepage. Leander, Ali und Kawa nehmen Mareike und Anneke in die Mitte und rollen wild mit den Augen in ihren grauschwarzen Matschgesichtern.

„Juhuu!! Fürs Star-Foto der schöööönsten aller Moorschlammis!“, ruft Mareike und streckt die Zunge weit raus. „Schööön!“, äfft Kawa sie nach. „So schööönes Wunder.“ Jamala und Farah klatschen vor Begeisterung in die Hände, wollen aber auf keinen Fall mit auf die Fotos. Noch mal schade! Da können wir nix machen.

Vor dem Heimweg dürfen Kawa und ich den Zwillingen

helfen, die eklige Pampe aus ihren dichten Locken herauszuwaschen. Immer wieder tunken wir ihre Köpfe abwechselnd und erbarmungslos ins moorige Seewasser, bis sie uns prustend um Gnade anflehen.

„Kinder, war das einsame Klasse!“, keucht Ria, als wir hinter den anderen her zur Waldschule zurückjoggen. „Glaubst du, da ist noch wer sauer, weil eure böse Lehrerin euch in diese Einöde, äh, in diese Pampa verdonnert hat?“ Nee, das glaube ich nicht, hundertpro, du liebste Ria.

Was Robbi wohl zu den Schlammi-Fotos sagt? Ria wird sie ihm heute Abend mailen, mit einem extra Mascha-Gruß.

Leo schickt uns später alle los ins Unterholz zum Sammeln fürs Lagerfeuer. Ria bereitet inzwischen mit drei Mädchen aus Leos Gruppe den Stockbrotteig zu. Ruckzuck haben die `Leos´ als Vollprofis die trockenen Hölzer aufgeschichtet. Man merkt ihnen die häufige Übung an.

„Wenn ´s da oben nur trocken bleibt!“ Leo guckt zum Himmel. „Bei der Hitze würde mich ein nettes Gewitter nicht wundern.“ Sofort protestiert jemand: „Wir wollen aber ´ne Nachtwanderung! Kein dämliches Gewitter.“

Und Leander meint: „Die hast du uns versprochen, Paps.“ Nachtwanderung? Davon hat unsere Lehrerin nichts gesagt, oder? Hört sich verlockend an. Ich flüstere kurz mit Nele und Anneke. Fix sind wir bei der Ria und ihren Teigbäckern. Ja, Ria weiß von Leos Plänen, hat allerdings noch nichts Konkretes mit ihm ausgemacht. Perfekt, meint Nele, denn sie hätte da so eine klitzekleine Nacht-Idee …

Kichernd tauchen wir drei wieder an der Feuerstelle auf. Dort jedoch ziehen wir wie auf Kommando die Mundwinkel weit nach unten und motzen überlaut vor uns hin.

„Der blöde saure Wein ist dagegen. Leo! Wir brauchen

dringend eure Unterstützung!“, ruft Nele mit ihrem unwiderstehlichen Bitte-Bitte-Augenaufschlag.

„Wofür oder wogegen?“, fragt der erstaunt. „Keine Nachtwanderung für euch?“, vermutet Leander prompt. Kann er hellsehen?

„Nö. Nix! Sie hat keinen Bock im Dunkeln, sagt sie. Die absolute Spaßbremse! Wir machen Spieleabend und so ′nen Kleinkinder-Quatsch“, schimpfen wir gekonnt heftig drauflos. Glaubhaft empört funkeln wir ihn an.

„Ich rede gleich mal mit ihr“, verspricht Leo stirnrunzelnd. „Das wäre doch gelacht, Mädels!“

„Vergiss es! Bringt sowieso null“, meine ich so traurig wie möglich, obwohl ich laut losprusten möchte. „Die Ria kann keiner umstimmen. Nicht mal, wenn plötzlich die Welt untergeht.“ Er will es trotzdem versuchen. Na, dann, Leo!

Wir grinsen verstohlen. Leo wird dichthalten, jede Wette. „Lagerfeuer sollte man öfter machen“, sind wir uns einig. Stockbrot natürlich auch. Als kein Krümel Brotteig mehr übrig ist, packen Leo und Leander ihre Gitarren aus. Mit heftigem Herzklopfen beobachte ich sie gebannt. Wie Leanders linke Hand geschickt und in rascher Folge auch die schwierigen Akkorde greift. Er ist richtig fit.

Mich juckt es in den Fingern, und mein Hals wird eng. Könnte ich doch meine Gitarre herzaubern, um die beiden zu begleiten! Schnell kann ich den Refrain ihrer lustigen alten Fahrtenlieder und fetzigen Songs begeistert mitsingen. Später, als es von dämmrig auf dunkel übergeht und wir uns heiser gesungen haben, pfeift Leo seine Klasse zu sich. „Zieht euch die festen Schuhe an, Leute. Im Dunkeln geht keiner mehr barfuß raus ins Gelände.“

Schon sitzt unsere Klasse allein am fast runtergebrannten,

nur noch glimmenden Feuer.

„Mann, warum müssen wir hierbleiben, Ria?“, nölt Max. „Ne Nachtwanderung ist so was von geil!“, murrt Tim.

Ria hält sofort die rechte Hand auf den Mund, macht mit der linken das Leise-Zeichen. Dabei grinst sie listig in die Runde. Erstaunt gucken die anderen sie an. Ria winkt uns näher heran. Im Flüsterton erklärt sie Neles Vorschlag. Ein vielstimmiges leises „Wow! Voll krass, Nele!“ Blitzschnell sind wir alle in den Schlafräumen verschwunden.

Nur Emily, Farah und Anneke haben sich angeboten, als Feuerwache zurückzubleiben.

„Woher weißt du, wo die hingehen?“ Ich habe mich in Rias Zimmer geschlichen, damit Leos Mädchen nichts mitkriegen von unserem Plan. Nicht mal Mareike.

„Leo klingelt mich kurz an zur Lagebestimmung“, erklärt Ria und steckt ihre Stablampe in den Rucksack. „Sag den anderen, sie brauchen möglichst viele Taschenlampen. Ach, Mascha, das gibt eine Gaudi!“ Sie drückt mich nur kurz. „Danke Ria. Du bist so klasse!“, flüstere ich an ihrem Ohr. „Auch Danke, Mascha. Wie unendlich gut tut das meiner Lehrerseele. Okay, dann los mit uns Pfadfindern!“

Leos Klasse hat einen Rundweg um das Waldschulgelände eingeschlagen. Inzwischen ist es beinahe stockdunkel. Der Mond, nur eine schmale, zunehmende Sichel, gibt kaum Licht. Düstere Wolken lassen keinen Stern sehen. Die Dorfjugend kennt sich aus nachts im Wald. Wie wird es Ria mit uns Stadtkids gehen? Hätte Leo uns nicht besser alle mitgenommen in die Nacht? Mir wird ein bisschen schwummrig.

„Alles paletti, Paps?“ Leander taucht neben Leo auf. „Warum nicht, Sohnemann?“ Der möchte noch wissen: „Warum sollen wir die Taschenlampen nicht anmachen?“

„Top secret!“, flüstert Leo. Ach so! Leander kapiert fix. „Für dich gilt das Schweigen im Walde! Okay?“, wird er ermahnt und taucht zu seinen Kumpels ab. Leo greift nach dem Smartphone. Gibt eine kurze Info durch, bevor er seine Truppe zum Anhalten pfeift. Sobald keiner sich mehr muckst, fragt er leise: „Hört ihr die Fledermäuse?“

Gespanntes Horchen. „Ich hör bloß Frösche“, meint Paul. „Und Grillen“, flüstert Tina. „Ihr müsst völlig still stehen“, flüstert Leander. „Leise wie Löwe bei Jagen“, murmelt Kawa deutlich. Verhaltenes Kichern.

„Jeder zählt jetzt bis hundert. Mit den zwei L: Langsam und lautlos, und mit geschlossenen Augen. So wie ich.“

Leo kneift beide Augen zusammen. Sind das Rauschen des anschwellenden Windes in den Baumkronen und die gleichmäßigen Atemzüge beim Zählen die einzigen Geräusche dieses nächtlichen Waldes? Gleich müsste der Erste seine Augen öffnen und mit den Lippen die „Hundert!“ formen. Ein nicht mehr weit entferntes Knacken lässt alle Zählenden heftig zusammenfahren.

„Zwei und neunzig, drei und neunzig. Was das gewesen?“ Das Weiße in Kawas Augen blitzt auf, durch die Dunkelheit. Keiner rührt sich. Erneutes Knacken. Leander will seine Lampe auf die Stelle richten. „Stopp!“ Leo packt seinen Arm. „Alle flach auf den Boden!“ Das bekannte Kommando klappt auf der Stelle. Sind das Flüsterstimmen? Ziemlich nahe? Wieder deutliches Knacken. Kichern? In völliger Dunkelheit. Kein Einziger von Leos Truppe bewegt auch nur einen Muskel.

„Wo sind die denn?“ Eine helle Stimme weht herüber wie eine deutliche Melodie. Sofort hat Leo sein Smartphone am Ohr. „Mist! Wir hören euch. Dicht neben uns!“

Mehr braucht er nicht zu sagen. Wie auf ein geheimes

Kommando leuchten zweiundzwanzig Taschenlampen auf. Wortlos schlagen sich ihre Besitzer ins dichte Unterholz. Ein erbitterter, aber beinahe stiller Kampf. Ziemlich nahe. Vater und Zwillinge fallen sich glucksend in die Arme. „Mitternächtliches Walddrama am Moor-See. Erster Akt!“, deklamiert Leander. „Ist das cool!“, gackert Mareike.

Das bestätigen übrigens später beide Klassen, - und beide Lehrer sowieso. Als wir uns nämlich gegenseitig berichten. Leander schildert die Szene dermaßen plastisch, dass ich sie so deutlich vor mir sehen kann, als wäre ich dabei gewesen. Leos Klasse liegt vor Lachen auf den Tischen im Tagesraum, wo es heißen Orangen-Punsch gibt. Der schmeckt auch in einer milden Sommernacht nach dem unverhofften Abenteuer in der Finsternis. Diese spannende Art von Nachtwanderung hat was Spezielles, geben wir zu. Allerdings beschweren sich einige Nörgler, wieso eigentlich beide Lehrer genau Bescheid wussten.

„Na und?“ Ich richte mich zu meiner vollen Mascha-Größe auf. „Sonst hätte es euch weniger Spaß gemacht, ihr Knalltüten, was?“ Aus dem Augenwinkel fange ich den überraschten Blick zwischen Leo und Ria auf. Sieh mal einer an!! Geschehen noch Zeichen und Wunder?, könnte er bedeuten. Tja, das hättet ihr eurer stillen, viel zu braven Mascha nicht zugetraut, stimmt ´s? Die kann auch anders. Hier in dieser Waldschule nämlich. Basta!

Aber noch mal zurück in den Wald: Der Abschluss unserer spannenden Wanderung wird nämlich unerwartet kurz.

Ein leises, wohl noch weit entferntes Donnergrummeln und erste Blitze lassen die Lehrer sofort zum Rückzug nach der geheimen Schlacht pfeifen.

„Och, - jetzt schon? Wo ´s gerade richtig toll wird!“ Wir Stadtleute sind sauer. „Voll gemein!!“

Kawa lacht uns aus: „Nix ge-mein! Ge-witter! Bumm-bumm-bumm!“

22. Kapitel: FRANKENSTEIN-MONSTER NIX DAGEGEN!

Gibt es etwas noch Genialeres, etwas Überwältigenderes, als aufgehängt am Seil in der vom Gewitter noch kühlen, wie frisch gewaschenen Waldluft über einen breiten Graben zu schweben, nein, zu fliegen? Der Schutzhelm stört mich ein bisschen, muss aber notwendig sein, wie mir Mareike erklärt. Genau wie das Halteseil beim Klettern über die Drahtseile zwischen den hohen uralten Buchen und Eichen. Hätte der alten Mascha einer gesagt, sie würde sich zu solchen waghalsigen Eichhörnchen-Aktionen jemals überreden lassen, dann hätte der einen Piepvogel gezeigt bekommen. Anfangs gucke ich allerdings reichlich schräg, denn aus Leos Klasse hat anscheinend keiner irgendwelche Kletterprobleme. Mit lautem Freudengekreisch geht es durch die Luft. Ohne die kleinste Spur von Furcht wird von einem Baum zum anderen balanciert. Mareike überlegt wohl gerade, wie sie mich und die beiden Syrerinnen beschwatzen kann, da hinauf zu klettern. Weil ich ihr meine Höhenangst gebeichtet habe. Und weil Farah und Jamala nur stumm die Köpfe schütteln. Das hier ist nix für sie. Verständlich!

Da gebe ich mir einen Ruck. Höhenangst jedenfalls scheint hier nicht zu zählen. Als feige Nuss wird Leander mich nie mehr angucken. Kawa auch nicht. Und wenn Mareike völlig unbeschwert lacht, während sie durch die Luft gleitet, wird es so furchtbar gefährlich nicht sein. Ich höre auf zu denken und gebe mich diesem Wahnsinnsgefühl hin, ohne das Kneifen und Kribbeln in meinem Bauch zu beachten. Einfach genießen, Mascha! Hatte mir das nicht mein Friedo-Engel empfohlen? Also beschließe ich, zu genießen, einfach aus diesem kribbelnden Bauch heraus. Als hinterher meine neuen Freunde mich alle fünf in die Arme nehmen, wachse ich direkt noch ein Stück. (Oh, das bitte nicht!)

Auch Nele und Anneke sind da, um mich zu drücken.

„War sagenhaft, was?“, schwärmt Nele. „Das muss ich noch ganz oft machen. Meine Eltern können sich schon mal warm anziehen.“

Unser Klassenclown Adrian muss sich beim Klettern vor uns Mädchen beweisen. Besonders vor Saskia, wie mir scheint. Will er ihr zeigen, dass man auch mit abstehenden Ohren klettern kann wie ein Affe? Dicht neben mir schaut sie zu ihm hoch, wie er da oben vorsichtig, Schritt um Schritt, vor sich hin balanciert. Er winkt übermütig zu uns herunter, hält sich dabei nur mit der linken Hand fest. Kommt ins Wackeln. „Halt! Halt dich fest, Adrian!“, schreie ich noch…, da verliert er völlig den Halt am Seil…

Ein hoher, spitzer Schrei von Saskia, während er wie in Zeitlupe auf sie zu segelt und wild mit beiden Armen rudert. Saskia streckt sich ihm entgegen, will ihn auffangen. DUMBO, little flying elephant, schießt mir blitzartig durch den Kopf. Im Fallen reißt er sie mit. Beide landen auf einem moosbewachsenen Baumstumpf. Einen schrecklichen Augenblick lang ist es nur still. Unheimlich still!

Schon kämpft Ria sich zu den beiden durch. Die rühren sich nicht. Sie schlägt sich hastig durchs Gestrüpp, kniet sich neben sie, beugt sich über die zwei Körper.

Wir stehen wie festgenagelt. Ich sehe Farah-Tränen laufen. Eine gespenstische Szene! Kalt läufts mir über den Rücken.

Endlich kommt Bewegung in das Knäuel auf dem Baumstumpf. Ich höre Adrians helle Stimme: „Scheiße aber auch!“ Dann Ria: „Kannst du aufstehen?“

Aufstehen? Adrian rappelt sich hoch, guckt sich um.

Verwundert? „Was war ´n das eben??“ Auch Saskia hebt langsam den Kopf. „Idiot!“ Wir atmen tief auf. Recht hat sie. So ein Vollpfosten! War er denn nicht fest am Halteseil? „Mensch, das eben hätte mächtig ins Auge gehen können!“, schimpft Ria los, wie ich sie selten schimpfen gehört habe. Ungewohnt blass ist sie vor Schreck.

„Isses ja auch!“ Stöhnend hält Adrian beide Hände vors Gesicht. Er ist mit dem rechten Auge auf Saskias Schulter geknallt. Saskia kommt hoch, lässt ihre Schultern gleichmäßig kreisen. „Leicht biste gerade nicht“, stellt sie empört fest. „He, Mann, was ist mit deinem Auge?“

„Frankenstein-Monster nix dagegen!“, kann Adrian schon wieder witzeln, als er sich später im Spiegel bewundert.

Sofort muss er ein Selfie schießen. „Glaubt mir daheim keiner“, macht er sich wichtig.

Ria und auch Leo ist der Schock bis tief in die Knochen gefahren. Es gibt einen gepfefferten Vortrag zum Thema Übermut und Leichtsinn, den wir uns gefälligst hinter die Ohren schreiben sollen. Denn es gibt nun mal gewisse Spielregeln während einer Klassenfahrt!

„Haha! Hinter Adrians süßen Segelohren ist dafür reichlich Platz“, flüstert Anneke mir zu, ohne jedes Mitleid.

Sebastian, der schnell Wind bekommen hat von Adrians unfreiwilligem Flugversuch, seufzt: „Ich fasse es nicht, womit man in einem siebten Schuljahr rechnen muss.“

Dabei hat er anscheinend Mühe, ernst zu bleiben. Adrian sieht aber auch wirklich gruselig aus, wenn er schuldbewusst beide Augen zur Decke verdreht.

„Hübsche lila Veilchen, lieber Adrian, sollen im Frühjahr blühen“, lästert Sebastian. „An deinem wirst du garantiert noch bis zum Spätsommer wohlverdiente Freude haben.“ Tja, du blöder, leichtsinniger Akrobaten-Clown! Ein jeder Klassenkasper kriegt halt irgendwann das, was er verdient!

Da bin ich wohl hier nicht die Einzige, die darüber jetzt nachdenkt, wie dieser kein bisschen witzige Dumbo-Sturz hätte ausgehen können.

„Manno! Immer ich!“, murmelt Adrian mit rotem Kopf und schielt zu Saskia, die demonstrativ woandershin guckt. Voll das Eigentor, Adrian, oder?

23. Kapitel: IHR SEID NE DOLLE NUMMER!

Die Gruppe, die sich für das Bogenschießen eingetragen hatte, erzählt in der Gesprächsrunde nach dem Mittagessen nicht weniger begeistert als wir Klettermaxen. Ria lacht mir nach dem überstandenen Schrecken glücklich zu. Ich freue mich mit ihr über dieses positive Echo, vor allem bei den ehemaligen Meckerfritzen. „Hier könnten wir es noch ´ne zweite Woche aushalten“, sind wir Waldschüler uns einig.

Nachmittags wird gewechselt zum Bogenschießen, - für die meisten aus der Ria-Klasse bisher ein Fremdwort. Das kennen wir nur aus Filmen. Unsere zwei Betreuer zeigen uns geduldig, wie man den Pfeil in den Bogen spannt und sein Ziel anvisiert. Zuerst soll der Pfeil in einer großen runden Zielscheibe landen. Möglichst in der Mitte, wie beim DART. Na, dann! Ich probier´s einfach.

Warum ist der Unterschied zwischen werfen und mit dem Pfeil schießen so gewaltig? Jedenfalls für mich. Die kleine Anneke quält sich schon allein damit rum, den Bogen zu spannen. Mein erster Pfeil landet ein Stück vor der bunten Scheibe im Gras. Na, super!

„Schau mal, Mascha, so musst du zielen.“ Leander hält meine Hand fest. Ob er merkt, wie ich rot anlaufe bei dieser plötzlichen Berührung? Mit seiner Hilfe gelingt es mir tatsächlich, die Scheibe zu treffen. Gar nicht weit von der Mitte entfernt steckt mein Pfeil. Wow! Leider reicht es ohne Hilfe wieder nur für eine Landung auf der Wiese. Gute drei Meter neben dem anvisierten Ziel. Ist das denn sooo schwierig?

Zack! Jamalas Pfeil ist mitten in der Scheibe gelandet.

„Wieso kannst du das so gut?“, wundern wir uns. Alis Vater hat es seinen Kindern schon vor langer Zeit beigebracht. Damals, noch in ihrer syrischen Heimat, erfahren wir verdutzt.

„So leicht ist das halt nicht, Mascha. Nicht aufgeben.“

Mareike zeigt mir, wie geschickt auch sie mit Pfeil und Bogen umgeht. „Ich hab das ganz schön oft geübt“, gibt sie zu, als ihr Pfeil ebenso in der Scheibenmitte stecken bleibt. Endlich geht es auf den Bogenparcours. Das bedeutet, wir sind auf dem Rundweg im Wald zum `Tiere-Schießen´. Keine echten, zum Glück. Da würde ich streiken. Auf die witzigen kleinen Rehe, die da plötzlich mitten im Unterholz zu grasen scheinen, auf das dicke Wildschwein, den Dachs mit den hellen Streifen, den Fuchs, der beinahe lebendig aussieht, macht es Bock, mit Pfeil und Bogen zu zielen.

Obwohl ich nur selten treffe. „Dabei sein ist alles!“, grinst Emily fröhlich, weil ihr Pfeil weit neben ihrem anvisierten Rehbock landet. „Ich wäre doch ein netter, tierfreundlicher Jäger, was?“ Nach fast zwei Stunden fühlen wir uns jedenfalls wie richtige Bogenschützen. Na ja, wie halbe eher, nennt es Leander frech und grinst mich dabei total süß an. Der hat gut reden! Ob er spürt, wie mein Herz aus dem Takt stolpert und einige Mühe hat, sich wieder zu fangen?

Weil es ein herrlich milder Sommerabend ist, lassen alle vierzig Schüler nicht locker beim besonderen Thema: Zweite Nachtwanderung. „Versprochen ist versprochen!“, rufen wir im Chor. „Jaja, und wird auch nicht gebrochen“, lacht die Ria. „Und gekniffen wird erst recht nicht, Daddy!“, ruft Mareike energisch.

„Überredet!“ Leo gibt sich geschlagen. „Aber heute gehen wir alle gemeinsam los. Und vorher startet die Premiere vom Schattentheater. Einverstanden, ihr Spieler?"

„Logisch! Wozu haben wir das sonst geübt?", drängen die Zwillinge. Ich zucke zusammen. Uff, unser Schattenspiel habe ich buchstäblich verdrängt beim Klettern und Bogenschießen. Soll ich mich darauf freuen? Soll lieber Farah die Prinzessin sein? „Ja, hallo, spinnst du jetzt?", fragt Mareike entrüstet. „Kneifen geht so was von gar nicht, Mascha! Komm, wir sprechen unsere Rollen nochmal fix durch."

Sie zieht uns Spieler hinter sich her. „No-No! Nix kneifen! Spielen, Prinzessin Mascha!", echot Kawa. Leander guckt mir prüfend in die Augen. „Stimmt was nicht?" Ich ziehe die Schultern hoch. „Ähm … doch, alles im grünen Bereich." Sein aufmunternder Blick lässt meine leichte Panikattacke gar nicht erst größer werden. Was soll schon schiefgehen? Sind ja nur unsere dunklen Schatten zu sehen.

Beim Abendessen ist mein Magen trotzdem wie zugeschnürt. „He, Mascha! Hau rein!" Nele stößt mich an. „Der Abend könnte lang werden." Reinhauen? Nee, geht gerade gar nicht. Nur tierischen Wasser-Durst habe ich. Mareike hat mir Mut gemacht eben bei der kurzen Rollenbesprechung.

„Sei kein Frosch!", rede ich mir zu und denke ganz fest an Friedo. Als könnte er gerade meine Gedanken lesen, smiled Leander mir über den Tisch zu mit seinen unwiderstehlichen Strahleaugen. „Hey, Mascha! Wir machen das schon, meine Prinzessin", höre ich seine ruhige Stimme. „Kein Zauberer wird dich mir klauen. Großes Ritterehrenwort!"

Wer soll da nicht lachen, so komisch wie das rüberkommt. „Siehste! Und kein bisschen anders lachst du gleich auch hinter der Leinwand, Prinzessin Tausendschön!“

Am liebsten würde ich ihm vor allen anderen um den Hals fallen. „Meinen untertänigsten Dank, tapferer Ritter!“, deklamiere ich kichernd. Hupps! Das sollen die Zuschauer ja noch gar nicht wissen. Emily als Märchenerzählerin wird das Spiel und seine Helden erst vorstellen, ehe hinter der Leinwand die helle Sonne aufgehen darf. Und, oh Wunder: Hinter dieser schützenden weißen Wand verwandelt sich die Mascha wie von selbst in die anmutige Prinzessin. Ich bewege mich ohne zu denken. Fasziniert von diesem Spiel. Von den bizarren schwarzen Wiesenpflanzen und den Waldbäumen. Von den gruseligen, plötzlich riesigen feuerspeienden Drachen, bewegt durch Mareikes geschickte Hände. In meinem Kopf ist ein Schalter umgelegt.

Ich lache herzhaft über den tollpatschigen Zauberer mit seinen drolligen deutsch-afrikanischen Kommentaren und freue mich über die zierlichen Feen Jamala und Farah.

Endlich darf ich meinem mutigen Ritter aus dem finsteren Wald entgegen schweben, lasse mich fallen in die starken Arme mit dem furchteinflößenden Schwert. Sein Gesicht kommt meinem näher. Ich mache automatisch die Augen zu. Genieße die angenehm weichen Lippen auf meinen. Halte einfach nur still. Ria erzählt später meinem Vater, dieser Leinwandkuss hätte beinahe wie ein echter ausgesehen. Ich hüte mich, zuzugeben, wie echt der gewesen ist. Nein, Ria, sogar mehr als echt … (Das musst allerdings nicht einmal DU wissen. Höchstens Mama! Und Friedo vielleicht?)

Wie auf weißen, kuschelweichen Wolken schwebe ich nach diesem Spiel. Bin ich noch ich selbst? Ich brauche Zeit, um in die Realität zurück zu rutschen. Ich lasse diesen besonderen Namen langsam auf meiner Zunge zergehen:

L-E-A-N-D-E-R … LEANDER …

Vor allen Zuschauern nimmt Ria erst mich, danach ihre Zwillinge in die Arme, dann die kichernde Farah und Jamala und zum Schluss einen leicht verlegenen Kawa. Sie sagt nix, doch wir wissen, was sie sagen würde, - wenn sie was sagen würde. Mareike drückt das punktgenau für sie aus mit ihrem lockeren Mundwerk: „Also, wisst ihr was? Ihr seid ´ne dolle Nummer. Besonders du, Kawa! Das wolltest du doch sagen, Ria?“ Kawa und unsere Lehrerin lachen sich vergnügt zu. Der Zauberer verbeugt sich in jede Richtung dreimal, fängt an zu klatschen und einen seiner afrikanischen Rhythmen zu stampfen. Dazu singt er mit seiner ausdrucksvollen Stimme einen Text, der sich fröhlich und mitreißend anhört. Schon klatschen und trampeln wir alle mit ihm.

„Wir sollten deine schöne Sprache lernen, Kawa“, freut sich Leo. „Nix du, Herr Leo! Kawa lernen. Lernen Deutsch perfekt. Bald verstehen alle Kinder und Lehrer. Nix nur Englisch und Französisch. Und eines Tag studieren an Universität!“ Er und Leander klatschen sich lachend ab.

Auch während der Nachtwanderung findet Kawa schwer raus aus seiner Zauberer-Rolle. Wie gut ich ihn verstehe. Wie gerne würde ich auch die Prinzessin Tausendschön bleiben, für meinen kühnen Ritter. Der hat sich längst abgesetzt zu seinen Kumpels. Tja, schöne Prinzessin, das Spiel der Schatten ist aus. Schluss und vorbei. Da ist wieder das Bauchgrummeln. Auf einmal haben die Kuschelwolken ein Loch. Plumps, lande ich auf dem noch gewitterfeuchten Waldboden. Ziemlich unsanft jedoch, weil ein dicker Stein mir direkt im Weg liegt. Aua! Augen aufsperren!

Ich fühle eine leichte Hand auf meiner Schulter.

„Nicht traurig sein, Mascha." Ach, süße Mareike! Woher weißt du …? „Hat irre Laune gemacht mit uns Schatten.

Oder … dir etwa nicht?" Ja, doch, gebe ich zu - und wünsche mich heim in mein eigenes Bett. Zu Friedo und meinem Tagebuch. Mareike lässt mir keine Zeit zum Grübeln. Sie hängt sich bei mir ein und erzählt munter drauflos, wie sehnsüchtig sie sich einen Hund wünscht. Einen netten, mittelgroßen. Einen, der nur IHR gehört. „Den nenne ich Rambo. Dann glauben alle, das ist ein ganz starker und gefährlicher, der mich beschützt, wenn ich ihn im Dunkeln laut rufe:

RAMBO! HIERHER!" Sie kichert vergnügt. Und steckt mich damit an. Schade, sage ich, - mitten in der Stadt und im fünften Stock mit Fahrstuhl taugt ein Haustier nicht, hat mein Vater mich schon vor Jahren überzeugt. Später schaffe ich mir garantiert einen an. Einen mittelgroßen Mischling.

„Ria sagt, ihr kommt uns demnächst besuchen", plappert Mareike weiter. „Du, ich freu mich mordsmäßig. Ihr müsst bei uns schlafen, ja?" Ich atme tief durch. Was bin ich bloß für ein Ober-Trottel? Ich habe doch jede Menge Grund zur Freude. Ob unser Robbi auch mitfahren kann zu diesem Leo-Bauernhof der Superlative?

„Am Sonntag schick ich euch paar Fotos auf WhatsApp", verspricht Mareike. „Schau sie dir an, und du willst am liebsten sofort losfahren. Siehst du, jetzt bist du wieder die glückliche Mascha-Prinzessin."

Bin ich das wirklich? Irgendwie schon. „Ich glaub ja", sage ich leise. Glücklich hier in diesem inzwischen dunklen Abendwald. Glücklich mit denen aus meiner Klasse. Ja, und mit denen vom Leo inzwischen auch. Ich denke an unser Schattenspiel. Was uns Schauspieler und natürlich den Spielleiter Leo am meisten stolz machen darf: Keiner, nicht mal der allerdämlichste Meckerbolzen, hat sich hinterher beschwert, von wegen naives Kindergartenmärchen und so. Nein, die Zuschauer waren sich damit so ziemlich einig:

Wir Spieler waren richtig schattenmäßig gut drauf.

Obwohl ... mit unangebrachter Kritik hätte ich fest gerechnet. Kam aber nix, gar nix, - hurra und juhuu!!

„Das muss an dieser besonderen Waldschul-Atmosphäre liegen", erfahre ich etwas später von meinem tapferen Prinzen. „Die hat nämlich eine Art Zauber in sich versteckt, musst du dir vorstellen. Sie verändert anscheinend den Umgang miteinander auf eine fast magische Weise. Sagt unser Dad. Nämlich innerhalb der Klassengemeinschaft merkt er jedes Mal eine gewisse, halt deutlich positive Veränderung." Ob er der Ria das auch erzählt hat? Wollte sie deshalb, wir müssten ausgerechnet hierher unsere Klassenfahrt machen? Ich darf nicht vergessen, sie unbedingt zu Hause danach zu fragen.

24. Kapitel: FANG EINFACH MAL AN!

Wie es kommt, dass ich dann auf der Schaukel sitze? Statt wie alle anderen, hundemüde am letzten Abend, ins Bett zu kriechen um diese Tages- oder besser längst Nachtzeit? Keine Ahnung. Jedenfalls sitze ich jetzt hier, und auf der zweiten Schaukel sitzt mein Prinz, ... äh, der Leander. Wir baumeln mit unseren langen Beinen und blinzeln immer wieder zum anderen rüber. Viel kann ich im Dunkeln nicht erkennen. Wir schweigen uns erstmal an.

„Möchtest du reden, Prinzessin?“, höre ich endlich die raue Stimme. „Häh? … Reden? … Worüber?“

„Was ist dir wirklich wichtig?“, kommt sofort die Gegenfrage. Ähm, ... sehr viel. Aber kann ich das diesem Leander erzählen? Ich kenne ihn ja kaum nach den paar Tagen. Oder?

„Du kennst mich kaum, ich weiß“, sagt er da. „Aber im Zuhören bin ich richtig gut, weißt du.“ Ich muss lachen. „Ach ja? Egal, wie viel Mist ich loswerden will?“

„Du erzählst ganz sicher alles andere als Mist. Sonst würde ich dir garantiert nicht zuhören wollen.“

Ich beiße mir auf die Lippen. Soll ich? Und wie soll ich anfangen? Welche von meinen Spezial-Mascha-Sorgen gehen diesen fremden Jungen was an? Egal, ob er mein Prinz war vorhin. Da sagt dieser `fremde´ Junge: „Fang einfach mal an. Und wenn ´s nicht geht, hörst du einfach wieder auf.“ Also fange ich einfach mal an.

Stelle erstaunt und erleichtert fest, wie viel leichter es sich im Dunkeln reden lässt: Damit, dass ich zwar viel zu groß bin für mein Alter, aber eigentlich nur zu sehr in die Länge hochgeschossen, - sozusagen. Deswegen bin ich noch lange nicht groß. Im Kopf, meine ich. Falls Leander versteht, was ich damit sagen will. Oh ja, und wie er das versteht! Ihm und seinem Zwilling geht es doch ähnlich mit den langen Storchenbeinen und Affenarmen. Wir müssen beide lachen. „Unser Problem ist, wir sind nicht so, wie sie alle das von unserer zu großen Größe, äh, von unserer Länge erwarten.“ Ich schlucke. Bingo. Genau das ist es!

„Hinter deiner Länge verbirgt sich die eher schüchterne statt coole Mascha, die sich am liebsten in ihrem Schneckenhaus verkriechen möchte. Stelle ich mir so vor jedenfalls.“ Ich peile leicht geschockt zu ihm hinüber. Habe ich das eben gehört oder geträumt? So redet doch keiner mit vierzehn Jahren. Schon gar kein Junge.

Von Mareike weiß ich, die Zwillinge sind ein Jahr älter, weil als Oktoberkinder ein Jahr später eingeschult als ich, das Augustkind. Aber nur ein Jahr älter und so viel weiser als die naive, verträumte, eher zu weltfremde Mascha?

Ich kneife meinen Daumen. Autsch! Nee, ich sitze hier im Dunkeln auf dieser Schaukel, und auf der Schaukel neben mir redet dieser Leander … na ja, eher wie ein Erwachsener redet er mit mir. Wie Friedo vielleicht? Nee, noch irgendwie anders. Ich fühle mich ernst genommen von ihm wie noch nie von einem Jungen. Nicht von Anneke oder Nele. Nein, von überhaupt keinem Menschen, außer von Robbi und der Ria. Und früher von meiner Mutter.

„Hab ich eben was Falsches gesagt?“, höre ich und schüttle stumm den Kopf. Ob er mein Schweigen verkehrt auffasst? Aber ich bin gerade sprachlos. Sprachlos, weil dieser Leander in mich rein zu gucken scheint, bis tief innendrin. Woher kennt er meine geheimen Mascha-Gedanken? Oder er ahnt sie jedenfalls. Wie kommt das? Dieselbe Wellenlänge?

„Nee, nee“, höre ich mich sagen. „Nix Falsches. Wie

kommste da drauf? Ich musste nur mal gerade über was nachdenken!“

„Kann ich dir dabei helfen?“ He, machst du dich über mich lustig, Junge?

„Erzählst du mir erst mal von euch?“, lenke ich vom Thema ab. Und weil mir gerade nix einfällt, wobei er mir beim Nachdenken helfen könnte. „Was interessiert dich?“, fragt er. „Von unserem alten Bauernhof hat dir sicher mein Plappermaul-Zwilling schon erzählt, oder?“

„Und wie! Sie hat davon geschwärmt wie von einem Traum-Märchenschloss“, sage ich. „Ist ja auch fast eins. Für uns jedenfalls“, sagt Leander. „Kann es sein, dich interessiert, wie der Leander so ist. Was für ´n Typ, meine ich.“ Hallo! Genau das isses, du Leander!, denke ich und kann nichts anderes antworten als: „Ja, du, ich glaub mal, genau das interessiert mich.“ (Es interessiert mich sogar brennend, aber das musst DU halt nicht wissen. Äh, - vielleicht doch?)

Und dann erfahre ich, wie dieser coole Leander sich selber sieht: Der nur nach außen hin voll coole Typ, immer scheinbar gut drauf mit der großen Klappe und seinem Strahlemann-Grinsen. „Weil … na ja, alle erwarten das von mir. Ich selber inzwischen auch“, seufzt er. „Aber ob du ´s glaubst oder peng! Innen drin ist dieser coole Kerl ziemlich sensibel und oft sogar schüchtern oder ängstlich bei was Neuem und bei Leuten, die ich nicht kenne.“

Ich starre ihn fasziniert an. Hat er da eben von sich oder von der Mascha gesprochen? „Soll ich … dir das glauben?“, frage ich verwirrt. Sollten wir beide uns wirklich so ähnlich sein? „Dass du eigentlich nicht direkt der Macho-Typ bist und früher vielleicht auch kein tollkühner Ritter gewesen wärst, kann ich mir denken“, gebe ich zu. „Aber dafür ein umso besserer Schauspieler, ja?“

„Schauspieler? Eher nicht“, überlegt Leander. „Ich mag es halt nicht, wenn jeder sofort in mich reingucken kann. Oft schotte ich mich erst mal ab, bevor ich andere Leute zu dicht an mich ranlasse. Besonders die mit der auffallend frechen Großkotz-Klappe.“ Ich muss gestehen, davon habe ich absolut null gemerkt. Für einen Sonnyboy habe ich ihn gehalten. Einen, der überall mitmischt und sich gerne bewundern lässt. „Sag mal, dann ist dein Zwilling dir eigentlich eher nicht so ähnlich, wie man auf den ersten Blick denkt?“

Leander denkt kurz nach. „Ähnlich und auch nicht. Ihr macht es nix, auf alle Leute forsch zuzugehen. Von zurückhaltend oder etwa schüchtern keine Spur. Mareikes beneidenswertes Selbstvertrauen möchte ich haben. Das hast du ja sicher schnell gemerkt.“ Und wie ich das gemerkt habe, erzähle ich ihm begeistert. Von einer Freundin wie Mareike konnte ich bis jetzt nur manchmal träumen.

Ich spüre Leanders prüfenden Blick. „Sie passt zu dir, Mascha. Ihr beide seid irgendwie gleichgestrickt. Na ja, so engagiert und … äh, … hilfsbereit wie ihr seid, finde ich.“

Wie bitte? Mareike und ich? Gleichgestrickt. Engagiert? Hilfsbereit? Ich, die eher lahme Mascha? Sonst noch was?

„Wie, äh, … meinst du das? Deine Schwester ist doch total krass. So was von temperamentvoll und immer super drauf. Völlig anders als ich, oder?“

„Stimmt! Nee, das meine ich nicht. Aber in euch zwei kann ich reinschauen wie in ein offenes Buch. Und das mag ich so an euch beiden. Du bist einfach DU. So wie Mareike einfach die Mareike ist. Ihr habt es nicht nötig, irgend ´ne blöde Zicken-Show abzuziehen. Oder euch sonst wie albern aufzuspielen oder anzugeben.“

„Dein Zwilling und du, ihr habt doch garantiert jede Menge Freunde?“, fällt mir ein. „Klar. Mareike jedenfalls. Auf Facebook und WhatsApp. Gefühlte zehntausend. Schon vorm Frühstück geht das los. Und sogar, wenn sie vor der Schule die Hühner füttert.“ Ich muss kichern, weil ich mir Mareike am Hühnerstall mit ihrem Smartphone vorstelle. Klickenderweise. „Putt-Putt-Putt, ihr lieben Hühnerchen … Da kommt eben ´ne SMS von Lotta rein.“

Passt perfekt zu ihr. „Legen eure glücklichen freilaufenden Hühner dann digitale Spezial-Eier?“ - „Sowieso!“, amüsiert er sich. „Unsere Küken schlüpfen mit ´nem Handy in den Minikrallen und mit Ohrstöpseln.“ Ich lache schallend.

„Zählst du auch deine Freundschaften im Internet?“, will er dann wissen. Eher nicht, muss ich gestehen. Interessiert mich halb so viel. „Und du? Hängst du auch ständig am Smartphone rum? Oder an Computerspielen?“, muss ich wissen. „Manchmal schon“, meint er. „Hab aber zu wenig Zeit fürs Internet. Hab genug tolle und halt echte Freunde im Dorf. Brauche eigentlich keine auf dem Bildschirm.“

Jedenfalls sind wir uns einig: Wir wären beide eher nicht so Förster Henners geborene Umwelt-Aktivisten wie sein Zwilling. Statt einer Greta höchstens mal aktive Mitläufer. Na ja, die muss es halt auch geben. Wir nehmen uns jedenfalls vor, mit Leo und Ria gleich nach dieser Woche dieses brennende Thema im Unterricht anzugehen. Mareike ist ja längst Feuer und Flamme. Ob sie Emily und den LL bereits angesteckt hat mit dem Umwelt-Virus?

Dann frage ich Leander nach Kawas Familie. Begeistert erzählt er von den sympathischen, immer wieder dankbaren Eltern Sonko und den lustigen drei kleinen kaffeebraunen Geschwistern, die im Dorf bei den meisten Leuten beliebt sind und von vielen nach Kräften unterstützt werden. Damit sie auf Dauer bleiben können, hofft er. Und damit Kawas Vater bald auch hier in seinem erlernten Beruf arbeiten kann. Als studierter Computer-Techniker.

Noch zwei weitere Migrantenfamilien leben seit einigen Monaten im Dorf, um die Leanders Eltern sich kümmern und ihnen bei der schwierigen Arbeitssuche helfen. Beide Väter können aus ihrer Heimat ein abgeschlossenes Diplom vorweisen. Und die eine Mutter war Lehrerin in einer kleinen Wüstenstadt-Schule.

„Tja, wir können ihnen bloß weiter die Daumen drücken, damit man ihnen endlich eine passende Stelle zuweist“, meint Leander. Ich nicke. Finde es bewundernswert, wenn Leo sich mit seiner Familie für sie einsetzt!

Kawas und Mareikes großer Traum ist, sich gleich nach dem Abi an einer Schauspielschule zu bewerben.

„Waas? Kawa?“, frage ich. Nein, beide. Zusammen? Ich sperre die Augen auf. Ein soo genialer Traum! Solche Freunde hätte ich auch liebend gerne, seufze ich. Ob ich etwa außer Nele, Anneke und den drei Syrern keine habe, will er wissen. Klingt das verwundert? Und ob ich auch schon einen Berufswunsch habe? Ich erzähle von unserer Zeichenkünstlerin Farah und ihrer Cousine Jamala, die versuchen wollen, in einem Designerstudio eine Ausbildung zu machen. Oder es vielleicht sogar als Model zu probieren. Und von Mega-Sport-Fan Alis Traum einer Fußballkarriere. „Wäre das auch was für dich?“, bohrt Leander weiter. „Nicht der Fußball natürlich“, lacht er. Eher nicht, gebe ich lächelnd zu. Ich weiß eigentlich noch kein bisschen, was in ein paar Jahren vielleicht mein Ding sein könnte.

„Werde erst mal die richtig erwachsene Mascha“, meint

Leander, wobei er das Wörtchen `richtig´ deutlich betont, und ich ahne im Dunklen sein listiges Schmunzeln.

Das ist wie ein Stichwort für die Mascha-Sorgen. Genau diesem Leander kann und will ich es erzählen. Wie ich war, als meine Mutter noch gelebt hat. Bevor aus dem fröhlich-unbeschwerten kleinen Mädchen die oft traurige, verschlossene, übersensible Mascha geworden ist. Nix mehr übrig von lebhaft, impulsiv, spontan und so. Nix mehr mit Kinderflausen im Kopf. Viel zu ernst, so nennen mein Vater und die Großeltern mich. „Zu erwachsen schon vielleicht?“, frage ich. „Nein“, sagt Leander. „Das machst du ihnen höchstens vor, weil du denkst, sie wollen eine vernünftige, kritische Tochter und Enkelin, um die man sich keine Sorgen machen muss. Innen drin bist du aber noch genau die Mascha von früher. Warum willst du dich dagegen wehren? Warum lässt du es nicht mehr zu? Wieso traust du dich so schwer raus aus deiner empfindlichen Haut, du meine wunderbare, temperamentvolle Prinzessin?“ Oh! Oh! Vielmals Danke, du mein Prinz! Das geht mir jetzt runter wie Öl, denke ich und bin froh, weil er in der Dunkelheit meinen Ketchup-Kopf nicht erkennt.

„Ich hab´s übrigens geahnt“, sagt er dann noch. Geahnt? Was?? Irritiert drehe ich mich zu ihm um. „Du spielst auch Gitarre, stimmt´s?“ Nanu! Habe ich ihm das erzählt? Weiß er es von Ria? „Ich hab ´s dir angesehen, vorhin beim Singen am Feuer. Du hast mitgespielt. Leider bloß in Gedanken. Schade! Wir müssen unbedingt mal alle zusammenspielen. Was hältst du davon?“ Sehr viel, gebe ich zu und erzähle ihm von meinen eigenen Moll-Melodien und den Texten, die mir dazu nicht einfallen wollen.

„Na, hallo! Lass uns zusammenschmeißen!“, meint er. „Ich bin besser mit Texten.“ Ach nee! Denkt er sich auch seine eigenen Melodien aus? Ja, aber echte Begabung ist was anderes, gesteht er. Spaß macht es ihm trotzdem.

Mir fällt dazu noch ein: „Was ist mit Mareike?“ Sie ist schon richtig gut auf ihrer Trompete, erfahre ich erstaunt und bin noch gespannter auf diese Leo-Familie Richter.

Nach dieser langen Leander-Rede brauchen wir eine Pause. Ich muss einen Kloß-Rest im Hals runterschlucken und dann weiter nachdenken. Leander stört mich nicht dabei. Schaukelt einfach und summt leise vor sich hin. Endlich mache ich wieder den Mund auf. „Stimmt, Leander. Ungefähr wie du sehe ich die Mascha von heute auch. Danke!“

„Äh, wofür? Weil dir mal jemand die Wahrheit sagt?“ Sein Fuß stupst mein rechtes Bein an. Beide Schaukeln bewegen sich sachte. „Weil Friedo es so ähnlich gesagt hätte“, rutscht es mir raus. „Friedo? Dein … Freund?“

Leanders weiche Stimme klingt ungewohnt rau.

„Freund? Nee!“ Ich muss kichern. Wird er mich auslachen, wenn er von Friedo erfährt? „Ich glaub mal, das geht dich nix an“, höre ich meine Stimme. Hupps! Wollte ich das eben sagen? „Geht ´s ja auch nicht. Sorry!“ Klingt seine Stimme eine Spur traurig? Erschrocken greife ich nach seinem Arm. „Toll! Ich Dämel!“, schimpfe ich los. „Falls es einen was angeht, dann ja wohl DICH! Aber … ich glaube halt, du glaubst mir das nicht.“ Und wie von selbst muss ich diesem Jungen, der keinen halben Meter neben mir vor sich hin schaukelt und dabei leicht meine Schaukel mit bewegt, meinen geliebten Friedo vorstellen. Stockend, beinahe ängstlich zuerst, dann immer ausführlicher und freudiger.

Leander hört mir intensiv zu, ohne mich ein einziges Mal zu unterbrechen. Schaut mich nur mit seinen großen Strahle-Augen an, die im Dunkeln fast schwarz wirken wie die von Kawa. „So!“, schnaufe ich und lasse die Schultern hängen. „Jetzt darfste mich ruhig auslachen, wenn du willst.“

Leander will aber nicht. Er packt meinen Arm fester und zieht mich auf meiner Schaukel zu sich rüber. „Ein echter Engel! Der passt doch eigentlich so was von gar nicht mehr in unsere verrückte Zeit, oder?“ Tja, da passt die Mascha vielleicht auch nicht so richtig rein, überlege ich leise. „Quatsch! Wenn da jemand reinpasst, dann du!“, werde ich belehrt. „Jedenfalls hast du es gut, Mascha. So einen Friedo müsste jeder von uns haben. Warum sucht sich eigentlich ein Schutzengel nur die ganz besonderen Menschen aus? Wusstest du das eigentlich?“ Nein, das wusste ich nicht. Verblüfft will ich allerdings jetzt wissen: „Wieso? Soll das heißen, ich bin … ein besonderer Mensch?“

„Nöö! Was dachtest du denn? Sonst wirst du nur noch eingebildet, schöne Prinzessin. Nein! Du bist die langweiligste, oberflächlichste Tusse, die mir je über den Weg gelaufen ist. Zufrieden?“

Ich muss lachen. „Na, super! Herzlich DANKE für Ihre klare Aussage, mein verehrter Herr Ritter! Werde es mir dick hinter meine beiden Ohren schreiben.“

„Aber bitte mit Rias Rotstift, liebste Prinzessin!“, sagt mein Ritter, und seine Streichelstimme klingt wieder weich … und beinah zärtlich?

Natürlich wusste ich auch nicht, wie stolz ich auf meinen Friedo sein kann. „Ich muss mein Tagebuch vollschreiben, weil mir keiner in Ruhe zuhört und mit mir redet wie dein Friedo. Nicht mal Mareike-Wirbelwind.“

„Wie bitte?“ Ich klammere mich an seinem Arm fest. „DU schreibst Tagebuch? Als Junge? Im Internet-Zeitalter?“

Leander wundert sich: „Wieso? Ist das verboten?"

„Verboten? Nööö. Wohl nicht. Na ja, weil … also ich schreibe an meine Mutter. Fast jeden Abend. Vorm Einschlafen bisschen was. An wen schreibst du?"

„An mein Tagebuch halt. Meine paar wichtigen Gedanken vom Tag", sagt Leander. „Die gehen nur mich was an. Keine verdammten Internet-Freunde irgendwo." Ich halte die Luft an. Hat er das gerade wirklich gesagt? Ein moderner Junge wie Leander? „Vielleicht lese ich die irgendwann wieder und lach mich halbtot über den ganzen dummen Schmarrn", höre ich und muss einfach protestieren. „Wieso? Warum denn lachen? Das wirst du garantiert nicht. Du liest es mal später deinen Kinder vor, was ihr Papa für witzige oder vielleicht ja auch weniger witzige Gedanken hatte als Junge."

„Klar doch. Damit die sich später krummlachen über ihren spinnerten Vater." Klingt das eine Spur melancholisch? „Schreibt Mareike etwa auch Tagebuch?", frage ich.

„Glaub ich eher nicht!", meint er. „Und wenn würde sie mir das nicht verraten. Aber sag mal, liest du vielleicht gerne? Weil du noch schreibst, meine ich. Also wie früher … mit ´nem Stift." Lesen? Ich bin ehrlich: „Tja, am liebsten Hörbücher, allerdings nur spannende. Manchmal Science Fiction. Na ja, nicht unbedingt Thriller. Zählt das auch? Und oft eBooks auf meinem Kindle."

„Ich stehe eher auf uralte Asterix-Hefte und so Comic-Zeug. Sind noch vom Leo. Die darf ich mengenweise unserem Karli vorlesen. Abends im Bett. Der ist da ganz heiß drauf. Mareike sagt, ich bin von vorvorgestern. Na und? Du, die Ria muss das nicht unbedingt wissen."

Ich seufze. „Wieso? Geht die beiden das was an? Dir und Karli soll es doch einfach bloß Spaß machen. Ach, Mensch, Leander! Haben wir Probleme!" Jetzt muss Leander lachen. „Stimmt! Als gäbe es nix Wichtigeres hier mitten im Wald zu bequatschen.“ Ich sehe ihn erstaunt an. „Gibt es das?“

„Jede Wette! Überleg mal selber. Zum Beispiel, wann ihr uns besuchen kommt. Oder wann wir mal zu euch kommen dürfen in eure Stadt.“ Erstaunt frage ich: „Was wollt ihr wohl in unserem ekligen Stadtmief, ihr Dorfleute?“

„Dich sehen“, sagt Leander bloß. Ich kichere verlegen. „Vergesst dann auf keinen Fall, unserer wahnsinnsmäßig verzauberten kleinen Anne-Fee ihren süßen braunen Zaubermeister mitzubringen. Und unser LL freut sich, wenn mich nicht alles täuscht, riesig auf deinen Power-Zwilling. Und Segelohr-Adrian auf Saskia? Mit aktuellen Tipps für unsere Demo-Planung natürlich. Haha!“

Mehr als ich ´s erkennen kann, spüre ich Leanders breites Grinsen. „Was du nicht alles merkst, du oberschlaues Wahnsinns-Prinzesschen!“ Und plötzlich ist mein Gesicht dicht an seinem. „Komm her! Lass dich noch mal so nahe sein. Dich fühlen wie als Schatten vorhin.“

Ich kann nur stillhalten, die Augen zukneifen, - wieder als Prinzessin Tausendschön? Die weichen Lippen fühlen sich in der Nacht noch weicher an als hinter der Leinwand.

Wir halten uns fest auf unseren Schaukeln und fühlen uns himmlisch im Schatten dieser milden Juninacht. Bloß diesmal ohne Elfen, Wunderpflanzen, Drachen und Zauberer. Und ich erzähle leise von meinem Traum, in dem ich diesem unbekannten Jungen mit dem ungewöhnlichen Namen das erste Mal auf der Wiese begegnet bin. „Wow!“, murmelt er an meinem Haar. „So ewig kennen wir uns schon? Und warum erfahre ich das erst jetzt, meine Traumprinzessin?“

25. Kapitel: ENGEL SIND NIEMALS SAUER

Danach kann ich bei Leander auch noch die (von mir am liebsten auf den Mond verdrängte!) Erinnerung an den schlimmen Überfall im Park loswerden. Davon und auch von Rias Hilfe bei dem Gespräch mit meinem Vater weiß er nichts und reagiert entsprechend geschockt. Stinkwütend ist er, als ich mich fertig bei ihm ausgekotzt habe. Danke, Ria, denke ich. Danke, weil du nichts weitererzählt hast darüber. Ich danke dem Himmel für diese einmalig wundervolle Frau Sauerwein. Und jetzt auch für ihre einmaligen Patenkinder, samt Lehrer-Papa Leo. Was wird Friedo mir morgen sagen zu diesen vielen Neuigkeiten aus der Waldschule?

Kaum bin ich, hundemüde nach den gefühlt Millionen neuen Eindrücken der letzten sechs Tage, unter meiner Bettdecke verschwunden, bemerke ich den hellen Schein vorm Fenster. „Friedo?“, flüstere ich.

Der Schein kommt näher. „Da bist du ja wieder, Mascha. Ich bin mächtig neugierig. Hast du jetzt noch Lust, mir zu erzählen von eurer aufregenden Klassenfahrt?“

Lust? Hahaha! Es sprudelt nur so aus mir heraus:

„Oh, Friedo! Toll war ´s! Quatsch, noch viel - viel toller! Du kannst dir gar nicht vorstellen wie megasupertoll!“

Friedo lacht leise. „So wie deine Augen strahlen, kann ich es mir bestens vorstellen und mich mit dir freuen.“

Schon bin ich mitten drin im Erzählen. Friedo lauscht mir andächtig. Bis ich dreimal herzhaft gähnen muss und meine Augen zufallen wollen. „Morgen berichtest du mir den Rest, Mascha. Für heute lass es genug sein.“

„Ja, jetzt brauche ich ´ne extradicke Runde Schönheitsschlaf vor Mitternacht“, gähne ich wieder herzhaft.

„Den brauchst du sicher“, höre ich die seit einer gefühlten Ewigkeit vermisste Stimme. „Lass dir ruhig Zeit mit dem Erzählen. Ich weiß doch längst Bescheid!“

Ich werde noch mal fix munter vor Überraschung. „Du? Weißt Bescheid? Wieso?“ Friedos Stimme klingt belustigt. „Was glaubst du eigentlich, wo dein braver Schutzengel sich die ganze Woche über herumgetrieben hat? Mascha-Urlaub im Himmel vielleicht, auf Wolke dreihundertdrei?“

„Sag bloß, du warst mit uns im Wald! Die ganze Zeit? Nee!! Du willst mich auf den Arm nehmen. Lass gefälligst deine albernen Friedo-Scherze, du Unschuldsengel.“

„Engel machen keine Scherze, meine Liebe. Einer musste doch auf dich achtgeben.“ Das klingt ja fast wie eine Entschuldigung. Ich setze mich senkrecht im Bett auf.

„Hä? Warum? Hab ich irgendwelchen Mist gebaut? Sag schon, was hast du alles gesehen?“

Nachdenklich meint Friedo: „Wenn ich es mir recht überlege, habe ich eine völlig neue Mascha sehen dürfen. Und die hat mir sehr gut gefallen. Deutlich besser als die alte.“

Ich bin empört. „Warum hab ich dich nicht gesehen, Friedo? Hättest mir ja wenigstens mal was sagen können, du … du gemeiner Engel! Ich hab dich unheimlich vermisst.“

„Soso, hast du das, meine Mascha? Es tut mir herzlich leid. Und das andere will ich nicht gehört haben! Engel sind überhaupt niemals gemein.“ Hallo! Hatten wir das nicht früher schon mal?, erinnere ich mich, als er weiterspricht:

„Aber ich durfte mich dir leider nicht zeigen in dieser Waldschule. Strenger Befehl von oben. Unsichtbar bleiben, heißt die Parole. Zu viele Menschen! Zu viel Lärm, zu viel wenig engelgemäße Unruhe."

Erschrocken sehe ich ihn an. „Hast du …? Ja, du hast mitgehört, wie ich dem Leander erzählt habe …?"

„Selbstverständlich war das nicht zu überhören, Mascha."

„Und jetzt … bist du sauer?" Ich fühle mich alles andere als gut beim Gedanken, meinen Schutzengel verraten zu haben.

„Engel sind erst recht niemals sauer, Mascha. Weißt du das immer noch nicht? Wie viele Jahre kennen wir beide uns inzwischen?" Ich atme auf. Fühle, wie mir das Blut in den Kopf steigt. Hat Friedo auch neben uns gestanden am letzten Abend? Direkt neben der Schaukel? Allerdings hat er.

Und der Kuss? Ist mein Engel nicht empört oder geschockt oder was weiß ich. „Ach, Mascha! Ach, Mascha!"

Engelseufzen klingt besonders weich, fällt mir auf.

„Du stellst Fragen. Warum sollte dein Schutzengel geschockt sein? Was darf dein Friedo gegen einen zärtlichen Kuss einzuwenden haben? Na gut, genaugenommen waren es zwei, Prinzessin Tausendschön. Nicht wahr?" Ich höre sein leises, zärtliches Lachen. „Übrigens habe ich deinen Schatten zutiefst bewundert, du meine so anmutige Schauspielerin. Konnte ich ahnen, welches weitere wunderbare Talent in dir schlummert?"

„Das sagst du jetzt bloß so", denke ich verunsichert.

„Jaja, bloß so sage ich dir das. Ähnlich wie ich bloß so sage, wie sehr ich dir ein Küsschen mit deinem Leander gönne."

Oh, aber hallo! Da muss ich sofort heftig protestieren:

„He, das ist nicht MEIN Leander!" Es ist allerdings eher ein schwacher Protest.

„Hört sich da womöglich was an wie Zustimmung, schöne Prinzessin?“ Aha, das sieht Friedo ähnlich! „Verrate mir mal eins: Warum soll er nicht dein Leander sein? Du magst ihn doch. Und das nicht wenig. Ich kenne dich nämlich besser als du selbst dich kennst, meine liebste Mascha. Glaube mir, du bist längst kein Kind mehr. Irgendwann darfst du doch mal anfangen, dich zu verlieben bis über deine beiden hübschen Ohren. Durchaus normal finde ich das mit dreizehn.“ Ach nee! Und das ausgerechnet vom Schutzengel!

Ich kann mir das Lachen nicht verkneifen. „Recht hast du, mein kluger Friedo. Für einen Schutzengel bist du ganz schön modern“, muss ich ihn loben. „Wusste ich bis jetzt gar nicht“, muss ich mit verschmitztem Grinsen dranhängen.

„Hättest mich lieber als einen kopfwackelnden, antiquierten Tattergreis mit hängenden Flügeln und einem rostigen Heiligenschein?“ Seine Stimme klingt streng, aber das meint er nicht so, weiß ich und lache ihn herzlich aus:

„Oh, bitte nicht. Ich mag dich ganz genauso, wie du bist, mein liebster Friedo. Kein bisschen anders. Kannst du dir überhaupt vorstellen, wie froh ich bin, weil es dich gibt?“

Der helle Schein bewegt sich sachte hin und her.

„Das solltest du mir ruhig öfter sagen. Erinnerst du dich übrigens daran, was dein Leander gesagt hat über mich?“ Was meint er wohl? „Schutzengel suchen sich immer ganz …“, hilft er mir. Ach so. Schon fällt bei mir der Groschen.

„Immer ganz besondere Menschen aus, ja?“

„Das auch. Vorher hat er aber noch gesagt: So einen Friedo müsste jeder von uns haben“, erinnert er mich weiter.

Ich komme ins Grübeln. „Sind denn Leander und Mareike keine besonderen Menschen? Weil sie keinen Schutzengel haben dürfen. Und was ist mit der Ria?"

Die Antwort kommt sofort: „Das herauszufinden ist allein deine Aufgabe, Mascha. Und jetzt brauchst du tatsächlich deinen Vor-Mitternachts-Schönheitsschlaf. Schau mal, wie spät es inzwischen ist. Eure letzte Nacht war nicht gerade lang mit dem bisschen Schlaf. Naja, das ist nicht weiter verwunderlich, wenn man mitten in der Nacht noch auf der Schaukel festklebt, nicht wahr? Gute Nacht, Mascha!"

Ich kichere: „Und danach nicht einschlafen kann, weil man auf Wolke siebenhundert schwebt. Aber jetzt kann ich garantiert schlafen wie der Igel unterm Laubhaufen. Dir auch eine gute Nacht, du toller Friedo!" Schon sind meine Augen zugefallen. „Ja, und ich wünsche dir wunderschöne Träume, du zauberhafte Prinzessin Tausendschön. Und deinem einfühlsamen Ritter und seinem patenten Zwilling ebenfalls.

Oder habe ich da etwas falsch verstanden, Heiliger Herr? Euren ganzen Segen haben sie doch, diese drei noch so herrlich jungen, herzerfrischenden Menschenkinder? Oh, ja! Ich verstehe. Danke, ihr da oben. Diese erweiterte Aufgabe nehme ich selbstverständlich mit größter Schutzengelfreude an. Dafür dürft ihr mich gerne noch so lange wie nötig nach hier unten abkommandieren, Heiliger Herr."

Wie treu ergeben wird wohl Maschas Friedo diese auf drei Seelen erweiterte Aufgabe ausführen, um künftig über zwei besondere Familien seine schützenden Flügel auszubreiten? Na, wozu ist er schließlich ein vielbeschäftigter, ungewöhnlich moderner, bewundernswert erfolgreicher Schutzengel?

26. Kapitel: EINE KUGEL SCHREIT HILFE

Dass wir dann unsere Umwelt-DEMO regelrecht aus dem Boden stampfen, verdanken wir unseren zwei engagierten Lehrern. Die sind nämlich spontan einmal mehr voll auf unserer Seite, als ihnen Förster Henner begeistert berichtet von unserer angeregten Umwelt-Diskussion im Wald.

Beim letzten gemeinsamen Mittagessen am Samstag hält Leo eine kurze `Rede ans Volk´, womit er beide Klassen meint. Keine vernünftig denkenden Eltern oder Schulleiter sollten uns verbieten, für eine solche lebenswichtige Angelegenheit auf die Straße zu gehen. Und wenn es für uns okay sei, die letzte Doppelstunde, zum Beispiel am Montag, ausfallen zu lassen und einen Teil unserer Nachmittags-Freizeit zu opfern, also Open End …

Ohrenbetäubendes Auf-Tische-Trommeln. Zustimmendes Klatschen von Sebastian und Henner. Das Einverständnis von Leo als sein eigener Schulleiter ist uns schon gewiss. Jetzt müssen wir unsere Eltern bearbeiten, sagt er.

Er schlägt ein Treffen in etwa zwei Wochen vor, am besten in unserer Schule, von allen, die mitmachen wollen und das auch dürfen bei der geplanten Protestaktion. Und bis dahin werden wir uns in beiden Gruppen fetzige, gerne knallharte und vor allem werbewirksame Parolen einfallen lassen. „Wir lassen uns nicht mehr verscheißern!“, ruft Jonas aus Leos Klasse.

„Auf die Zukunft freuen? Wie geht das denn?“, fällt unsrer Emily dazu spontan ein. Wir trommeln Beifall.

„Für den Anfang schon mal prima!“, lobt auch die Ria.

„Die Erde gehört uns. - Wie lange noch?“, platzt Mareike raus. „Wie ich sehe, haben wir uns verstanden“, freut sich ihr Vater. „Ich bin wahnsinnig neugierig auf eure Ideen! Also macht einfach mal weiter, ihr künftigen Aktivisten!“

Und diese Ideen purzeln nur so aus unseren Köpfen. Auf WhatsApp tauschen wir täglich die neusten Sprüche aus. Lob und zum Teil auch berechtigte Kritik auf beiden Seiten. Beim Treffen nach zweieinhalb Wochen in unserem Musikraum präsentieren beide Gruppen ihre durchaus brauchbaren Ergebnisse. Und nicht nur Ria und Leo sind sich einig:

Das gibt eine äußerst kreative und individuelle Demo.

Die Zustimmung dafür vom Bürgermeister hat unsere Schulleitung bereits eingeholt. Eine Montags-Demo soll es werden. Nach der zweiten großen Pause, ab 12 Uhr.

Open End. Egal, bei welchem Wetter.

Und das könnte dann nicht passender sein. Für uns Demonstranten, aber erst recht für die zahlreichen Zugucker und erfreulich vielen Mitläufer. Die von einer Ideen-Gruppe für am besten passend befundenen Sprüche haben wir an ein paar langen Nachmittagen in der Pausenhalle geschrieben, gezeichnet und knallig bunt ausgemalt. Wirkung super!

Jedes Mal ist die Ria eisern dabei: Uns Tipps geben und eifrig mit anpacken. Robbi war mit uns beiden im Baumarkt. Zum Geschäftsführer hat er einen ziemlich guten Draht. Aha! Farben braucht ihr? Sponsor für eine Umwelt-Demo der Schüler? Selbstverständlich!! Null Problem. Ist ja von den Steuern absetzbar, schmunzelte der hilfsbereite Mann.

Unser Kofferraum war voll mit Farbtöpfen, dicken Pinseln und Tapetenresten. In der Tischlerwerkstatt ließen wir uns dünne Sperrholzplatten und Leisten passend zuschneiden. Für eine Umwelt-Demo der Schüler? Selbstverständlich zu einer Art Null-Preis! Aber bitte den Sponsor erwähnen! Werbung ist alles in einem kleinen Betrieb. Ria war vorsichtshalber mit ihrem eigenen Auto gekommen, damit auch ich noch Platz bei der Heimfahrt hatte.

Am Mittwochnachmittag guckt mir jemand beim Malen über die Schulter. „Nicht übel! Kann sich sehen lassen!"

Die Stimme … Verblüfft schaue ich vom Fußboden hoch.

„Le … ander? Was ... Buff!! Wo kommst DU denn her?" Vor freudiger Überraschung laufe ich knallrot an.

„Hey, Mascha!" Da ist auch eine strahlende Mareike. „WIR WOLLEN KEINE FRAGEZEICHEN!!!", buchstabiert sie und betont jede Silbe. „Klingt richtig gut. Ist das von dir? Gewaltig schön macht ihr das hier!"

Tja, heute musste Leo dringend in den Baumarkt, und da wollten die Zwillinge unbedingt mitfahren.

„Betriebs-Spionage, was?" Luis kann das Lästern nicht lassen. Er umarmt Mareike und klatscht Leander ab.

„Und wie läuft ´s in eurem Dorf?" Ich kann vor Freude kaum klar denken. Ach, Leander! Ach, Mareike!

Schon schnappen die beiden sich Pinsel und helfen uns beim Malern. Voll konzentriert sind sie fix mittendrin.

Zum Dank schleppt Ria uns später in die Pizzeria ab.

Irgendwann taucht euch ein etwas atemloser Robbi auf. Herzliche Begrüßung. Die Wellenlänge scheint auf Anhieb zu stimmen. Ich atme auf bei dem verstehenden, anerkennenden Vater-Blick. Wir machen sogar schon mal einen Termin aus für unseren Bauernhof-Besuch bei der Familie Richter. Mein Herz und mein Bauch sind völlig aus dem Takt durch zwei leuchtendgraue Strahleaugen.

Mareike und Luis organisieren für diesen Montagsmarsch den geplanten Ablauf. Die beiden wollen vorneweg gehen, jeder mit einem Megaphon, und unsere Parolen lautstark herausbrüllen. Wir anderen gehen paarweise hinterher.

In bunter Kleidung anstatt als schwarze Trauerklöße.

Leander und ich werden das größte Plakat zuerst tragen:

„UND TÄGLICH GRÜSST DER KLIMAWANDEL!"

Max und Nele tragen jeder den eigenen Vorschlag: „LOHNT SICH UNSERE ZUKUNFT?" und

„EISBÄR-BABYS - NUR NOCH IM ZOO?"

Von Franziska und Vitus stammt die Frage:

„DIE ERDE IST SAUER -WARUM WOHL?"

Daneben die makabre Behauptung:

„PLASTIK IM FISCH. ZUM KOTZEN KÖSTLICH!"

Hinter ihnen ziehen Kawa und Anneke sämtliche Blicke auf sich. Unsere `süßen Kleinen´, in grellbunter Kleidung und Stiefeln. Sie blond, Blauaugen. Er schokoladenbraun. Beide Nasenspitzen stolz hochgereckt. Sie tragen Kawas Papp-Weltkugel mit hoch erhobenen Händen. Die große Kugel hat einen riesigen leuchtendroten, deutlich traurigen Mund, aus dem das Schild „HILFE!!!" herausragt. Jede Menge Ovations für die beiden freudestrahlenden Künstler.

„WEINEN FISCHE PLASTIKTRÄNEN?" und

„WIR WERDEN DIE DUMMEN SEIN!" stammt aus Leos Klasse.

„NATUR PUR! ABER WO BITTE NOCH?" ist Adrian eingefallen. Immer noch hat er die vorausgesagte ´Freude´ an seinem jetzt grünlich-braunen Matschauge. Das steht ihm irgendwie zu seiner pfiffig-frechen Mimik. Voller Stolz geht er neben seiner Flamme Saskia her. Die hat ihre Stinkwut auf ihn vom Klettergarten längst abgehakt und lacht laut über seine albernen Sprüche.

„DIE ERDE BRAUCHT NULL WEICHEIER!", war die Idee von Linus.

„GEBT DER ERDE IHRE GUTE LAUNE ZURÜCK!",

stammt von Nele, die beinahe feierlich neben ihm herläuft.

„WIR LEBEN MORGEN - NICHT GESTERN!“ und „NENNT IHR DAS FAIR-PLAY?“ hat Leos Klasse mitgebracht. Genau wie:

„WARUM TUT IHR UNS DAS AN???“ und

„NEHMT UNS NICHT DIE ZUKUNFT WEG!“

Es wird eine unerwartet lange DEMO, weil sich uns immer mehr Leute anschließen. Nicht nur jede Menge Kinder und Jugendliche laufen mit wichtigen Gesichtern hinter uns her und rufen lautstark ihre eigenen Parolen:

„WIR WOLLEN EINE HEILE WELT!“ oder

„WO IST UNSRE ZUKUNFT?“ und

„WIE LANGE DIESE SCHEISSE NOCH?“

Viele von unseren Eltern schließen sich an. Sogar Opas und Omas sind dabei. Ria und Leo begleiten uns mit einem total aufgeregten Karli an der Hand. An einer Kreuzung winken sie uns aufgeregt zu: Ali, Aziz, Jamala und Farah. Sind sie enttäuscht, weil ihre Eltern ihnen unsere Demo verbieten? Wir müssen das verstehen, hat Ria uns erklärt. Trotzdem, verstehen kann ich das nicht! Sie gehören doch zu unserer Klassengemeinschaft. Irritiert winke ich ihnen zurück. Wir gehen hier doch auch in ihrem Namen mit.

Ich entdecke Robbi, der pausenlos Videos aufzeichnet und mir euphorisch beide Daumen hochzeigt. Und die hektische Frau mit der dicken Kameratasche scheint von der Presse zu sein, meint Leander. Buff!!! Werden auch wir berühmt?

Erst am Rathaus machen wir halt. Laut rufen wir unsere Parolen. Immer wieder von vorne, bis auf der Außentreppe jemand erscheint. Ganz allmählich wird die Menge leise und gespannt. Der Herr Bürgermeister Dr. Obermeyer persönlich begrüßt uns. Anscheinend direkt freudig??

Schnell wird deutlich: Auch er steht auf unserer Seite. Er spricht von unserem lobenswerten Engagement, dem erfreulichen Mut, unserer Entschlossenheit, für unsere Ziele zu kämpfen. „Lasst euch nicht in die Opferrolle drängen. Macht euch stark!“, ruft er uns zu. Und sogar ohne Mikrofon verstehen wir ihn. „Gebt auf keinen Fall auf. Dieses hier muss erst der Anfang sein. Wir werden euch nach Kräften unterstützen. Das kann ich euch bereits heute zusichern.“

Dicht neben mir knurrt Leander: „Hahaha! Schön wär ´s ja wohl!“, und drückt mich an sich. Tut mir das gut!

„Und ewig grüßen unsere Fragen!“, sagt jemand hinter uns. Ich schaue über die Schulter. Einer aus der Abschlussklasse, ein dünnes Mädchen im Arm mit lila Stoppelhaaren.

„Riecht das nach Fair-Play?“, fragt jemand anderes.

„Die Erde gehört uns. Aber wie lange wohl noch, Herr Bürgermeister?“ War das nicht Mareikes überlaute helle Stimme?

Leander rollt mit den Augen. Wieso? Dein Zwilling hat vollkommen Recht! Das weißt du genauso gut wie ich.

Schon bald muss sich Herr Dr. Obermeyer verabschieden. Die vielen Verpflichtungen rufen, wie wir wohl wissen. „Hallo, sind wir keine Verpflichtung?“, ärgert Leander sich sehr laut. Zustimmendes Gelächter um uns herum.

Ich lächle ihn zärtlich an, meinen Prinzen. Ach, du, wenn du doch heute hierbleiben könntest! Ich vermisse dich jetzt schon wieder ganz furchtbar, möchte ich ihm ins Ohr sagen. Traue mich aber nicht ... Warum eigentlich??

Als Leos Gruppe, von der nur die kranke Larissa nicht dabei sein konnte, in den Bus klettert, tönt ihnen Luis hinterher, - im Namen von uns allen: „He, Leute! Egal, ob ´s was gebracht hat mit unserm Protest. Das war der Oberhammer! Wahnsinnstoll war ´s mit euch zusammen. Wir sehn uns!“ Zum Abschied hat jeder jeden umarmt. Auch die Ria und den Leo. Wir sind plötzlich wie ausgepumpt. Aber nach der ganzen Aufregung und Anspannung zum Platzen stolz und happy. Wir winken der Leo-Truppe hinterher.

„Ach, mein süßer Prinz!“, seufze ich in mich rein. „Gab es irgendwann mal ein Leben ohne dich? Vor einer Ewigkeit?“ Ich kann schon ab diesem Moment nur noch an den großen Tag X denken, wenn wir mit Ria zum Märchen-Bauernhof der Familie Richter starten werden.

Am Dienstag in der großen Pause die Überraschung:

Zwei wichtig aussehende Männer mit dicken Ledertaschen schieben sich zum Lehrerzimmer durch. Kurz darauf kommt Ria mit ihnen raus und dirigiert sie energisch zu unserem Klassenraum.

„Was woll´n denn die Typen hier?“, wundert sich Nele.

Sie sind von unserem Lokalsender, stellen sich die beiden vor. Sie wollen einige Interviews machen zur Protestkundgebung von gestern. Vielstimmiges `Wow!´, `Uff!´, `Ey!´ und `Gigantisch!´ Bis morgen sollen wir von unseren Eltern schriftlich bringen, wenn sie damit einverstanden sind, uns auf dem Bildschirm der Öffentlichkeit vorzuzeigen.

Die Aufnahmen möchten sie allerdings schon jetzt gleich machen. Hat jemand was dagegen? Nee, warum das denn? Nur zu gerne geben wir ihnen Auskunft. Ist doch so genial, dabei mitten in die Kamera zu grinsen, weil man weiß:

Morgen können wir uns auf der Mattscheibe bewundern. Davon haben wir bisher bloß in irgendwelchen Tagträumen geschwärmt. Werden wir jetzt auch zu PROMIS?

Natürlich haben alle Eltern die Erklärung unterschrieben.

Die anderen Klassen schauen zu, als wir am Donnerstag dichtgedrängt vor der Leinwand in der Pausenhalle hocken und uns auf Sendung präsentieren dürfen. Ist das ein Gefühl! Wir kleben förmlich an der Decke vor freudigem Stolz.

Mit leuchtenden Augen staunen unsere drei Syrer und Aziz uns im Fernsehen an. Ob sie sich da auch gerne bewundern würden? Tut mir jetzt noch mehr Leid für die vier.

Die schüchterne Mascha hat sich wahrhaftig getraut. Auch sie hat den Mund aufgemacht. Ohne rot zu werden sogar. Vor laufender Kamera!

„Drei Mal Wow!“, kichert Anneke mir ins Ohr. Tja, geht doch, Mascha! Danke, danke, danke, Leander!

Gleich danach wird weitergeschaltet zu Leos Dorfschule. Wir kreischen los, als Kawas rundes schokobraunes Gesicht zuerst auftaucht. Daneben die Zwillinge. Mein Herz hüpft mal wieder völlig aus dem Takt. Leander und Mareike zum Greifen nahe. In Großaufnahme. Könnte ich sie doch da rauszaubern, hierher in unsere Pausenhalle! In meine Arme.

Friedo muss ich abends nicht viel Neues erzählen.

„Selbstverständlich habe ich euren Umzug vom Anfang bis zum Ende begleitet“, sagt er feierlich. „Hast du daran gezweifelt? Ich bin wahnsinnig stolz. Zunächst auf dich und deinen Mut. Und dann auf euch alle.“

„Danke, Friedo!“ Ich muss lachen über seinen Eifer. Er ist noch nicht fertig: „Meine himmlischen Auftraggeber sind hochzufrieden mit eurer gelungenen Aktion. Das soll ich dir ausrichten. Ihnen sind leider die Hände gebunden.“

Hä, wie meint er das denn? Weil sie eben tatenlos zusehen müssen, was die Menschheit mit der ihnen anvertrauten Erde für einen groben Unfug treibt, erklärt er mir betrübt. Ach so! „Dürfen sie sich kein bisschen einmischen?“

Ich gucke ihn verständnislos an. „Nein! Höchstens mal ab und an durch einige besonders heftige Unwetter, Wirbelstürme, einen schweren Tsunami und harmlosere Überschwemmungen. Durch Erdrutsche und Ähnliches.

Als Warnschüsse vielleicht, die ihr leider nicht allzu ernst nehmen wollt? Alles andere jedoch ist alleinige Sache der Erdenbewohner“, bedauert Friedo. „Deshalb sind sie da oben ja überglücklich, wenn ihr Jugend sozusagen auf die irdischen Barrikaden geht.“

„Du willst damit sagen, wir sollen bald weitermachen mit Demonstrieren? Neue kluge Parolen schreien und so?“

Er lächelt mir sanft zu. „Allerdings, liebe Mascha. Wenn nicht IHR, wer dann sonst? Denke bitte an euren Förster Henner. Er ist ein sehr weiser Naturmensch von der Sorte, wie wir sie dringend nötig haben. Ihr hier unten und wir da oben.“ Er schaut zur Decke und faltet die Hände.

„Ach, Friedo!“, stöhne ich und kann mit Mühe die Augen offenhalten. „Was kommt da noch alles auf uns zu? Mir wird reichlich mulmig, wenn ich mir das ausmale.“

„Mir auch, liebe Mascha. Mir auch.“ Er seufzt abgrundtief. „Trotzdem wünsche ich dir eine angenehme Nacht.

Am besten ohne schlimme Umwelt-Träume. Lass dich lieber im Traum von deinem wunderbaren Prinzen besuchen.“

„Ich versuch ´s, Friedo. Danke! Vielen Dank für alles! WENN NICHT WIR, WER SONST? Das soll unser Motto sein! Sagst du es nach oben weiter? Bitte, ja?“

Mir fallen endgültig die Augen zu.

Wieder faltet Friedo die Hände und senkt demütig den Kopf. „Ach, Heiliger Herr! Bitte! Gib ihnen allen immer wieder genügend Kraft und Entschlossenheit, die sie so dringend brauchen werden. Ich kann nur zwei Dinge machen: Sie stets beschützen, wie es in meiner geringen Schutzengel-Macht liegt, und regelmäßig für sie beten, nicht wahr?“

„Richtig, lieber Friedo. Damit trage ich dir einmal mehr genau das auf. Und bitte mache beides möglichst ausgiebig und mit deiner oft bewiesenen Geduld, du unser getreuer Schutzengel! Wir verlassen uns vollkommen auf dich.“ Friedo deutet eine Verbeugung an. „Danke, genau das werde ich tun, Heiliger Herr. Worauf Ihr Euch verlassen könnt.“

ZUM GUTEN ENDE:

Warum ich euch das alles erzählt habe? Ganz einfach!

Ich wollte es nicht für mich behalten. Nicht das am Anfang zu Deprimierende bei der Mascha von früher.

Und nicht das - meistens - so Positive bei der Mascha von heute. Weil ich mir vorstellen kann, es ist nicht nur für mich vielleicht wichtig. Oder sehe ich das verkehrt?

Es hat was, die `neue´, die energische, diese inzwischen selbstbewusstere Mascha zu sein!

Mir ist, als hätte ich die alte weit hinter mir gelassen.

In der Waldschule? Oder wo sonst? Auf dem Bauernhof? Die Mascha kann ich mir inzwischen kaum noch vorstellen. Egal, ob sich das vielleicht reichlich übertrieben anhört.

Ich habe sie sozusagen abgehakt, diese frühere, nur immer vernünftige, verklemmte, viel zu negative Sorgen-Mascha. Ihre unnötigen Ängste und ihren ständigen Pessimismus.

Vor einer kleinen Ewigkeit hat Friedo zu mir gesagt:

„Du musst nur fest genug an dich glauben, Mascha!"

Und genau das mache ich jetzt. Jeden Morgen nehme ich es mir vor, und es ist gar nicht mehr so schwierig, wie ich erwartet hatte.

Probleme?? Löse ich weg! Möglichst entspannt, nach Coole-Lebenskünstler-Mareike-Art.

Klar, ganz ohne geht ´s nicht. Wäre doch zu einfach. Na, und wenn schon! Es gibt doch wohl für jedes eine Lösung.

Manche Lösungen sind halt nicht so einfach zu finden oder dauern etwas länger. Aber das gehört dazu.

Das Leben mit dreizehn kann wahnsinnig aufregend sein, total spannend, großartig und vielversprechend.

Und jede Menge Spaß machen.

Das habe ich mir abgeguckt bei meinen neuen Freunden. Bei Leos mitreißender Familie. Beim Kawa-Zauberer.

Und natürlich bei meiner allerbesten Ria-Freundin.

Ja, erst jetzt habe ich das richtige Gefühl, die Mascha ist endlich auf dem besten Weg, richtig groß zu werden.

Und irgendwann sogar erwachsen und selbstständig.

Seltsam, denn erst allmählich fällt mir auf, wie viele überdurchschnittlich große (also hochgewachsene! Oder lang aufgeschossene!) Mädchen durch die Gegend laufen.

Warum hab ich früher nie drauf geachtet?

Wie geht das eigentlich, wenn wir Langen ziemlich sicher auch mal so große großartige Kinder in die Welt setzen? Gibt das irgendwann eine Welt nur noch von Riesen?

In der dann die paar Winzlinge nichts zu lachen haben??

Noch eins ist besonders gut für mich zu wissen:
Mein Friedo wird immer für mich das Wichtigste bleiben:
Mein und nur MEIN Schutzengel. Maschas Schutzengel.
Daran will und werde ich felsenfest glauben. Egal wo!
Sozusagen in schlechten wie in guten Zeiten …

Ach, übrigens:

Ich singe meine Gitarrenmelodien jetzt fast nur noch in fröhlichen Dur-Tonarten. Das ist ein gutes Zeichen, meinen Friedo und die Zwillinge und freuen sich auf meine wunderbaren eigenen Texte.

Und auf unsere gemeinsamen fetzigen Pro-Umwelt-Songs, schlägt Friedo vor. Möglichst bald?? Na dann!!

Die Kinderbuch-Autorin Gunhild Thalheim, Jahrgang 1944, möchte mit ihrem neusten Buch alle die jugendlichen Leser ansprechen, die vielleicht eher noch `süchtig´ sind nach einem `richtigen´ Buch oder eBook.

Nach ihrem ersten Jugend-Buch „Segelsommer mit Angelia“, bereits 1979 erschienen, hat Gunhild Thalheim mehr als 20 Bücher veröffentlicht, davon drei auch als Hörbuch, von ihr selber gelesen.

Beim Rediroma-Verlag ist dieses Buch das 16. Diese gibt es alle auch als eBook.

„Auf nach Tirol!“, - eine Kindergeschichte aus ihrer Wahlheimat im Pillerseetal, - erschien 2007 nach der Pensionierung der ehemaligen Grundschullehrerin.

Es ist inzwischen auch ins Holländische übersetzt:

„We gaan naar Tirol“.